Kathrin Schrocke
Freak City

Für meine Freundin und Lehrerin Kerstin,
ohne die es Freak City *nicht gäbe.*
Und für meine Leserin Theresa,
wegen der es Freak City *immer noch gibt.*

© Kathrin Schrocke, 2010
© Originalausgabe Patmos Verlagshaus GmbH & Co. KG, 2010

Aktualisierte Neuausgabe © Mixtvision,
Leopoldstraße 25, 80 802 München, 2025
www.mixtvision.de
Alle Rechte vorbehalten.

Dieses Werk wurde vermittelt durch die Michael Meller
Literary Agency GmbH, München.

Covergestaltung: zero-media.net, München
Covermotiv: FinePic®, München
unter Zuhilfenahme von Shutterstock AI
Layout und Satz: Nadine Clemens
Druck und Bindung: Friedrich Pustet GmbH & Co. KG, Regensburg

ISBN: 978-3-95854-247-1
Auch als Ebook erhältlich

Kathrin Schrocke

FREAK CITY

MIXTVISION
Weiter. Erzählen.

1 Irgendein kluger Mann hat einmal behauptet, dass man auch aus Steinen, die einem in den Weg gelegt werden, etwas Schönes bauen kann.

Das stimmt. Lasst euch das von einem 17-jährigen Typen mit Bausparvertrag sagen.

Trotzdem war mir nicht im Geringsten bewusst, auf was ich da zusteuerte, als ich mit meinen zwei besten Kumpels durch die Stadt stolperte, dem Mädchen hinterher.

Eigentlich hätte ich es ja kapieren müssen: Es lag regelrecht in der Luft. Es war so offensichtlich, da gab es gar nichts zu rütteln. Aber ich war so was von daneben damals. Liebeskrank und doof. Ich kapierte einfach nichts.

Stattdessen sprang ich ihr wie die anderen beiden die Fußgängerzone hinterher und machte mich mit meinen Sprüchen gewaltig zum Affen.

Ich sah nur, was ich sehen wollte: ihre wilden lockigen Haare. Den gelben Minirock, der ein Stück zu weit hochgerutscht war. Das Tattoo, das vom Hals abwärts ging und irgendwo unter ihrem feuerroten T-Shirt verschwand.

Die grünen Flip-Flops, die sie trug, machten auf dem Asphalt ein gequältes Geräusch. Es hörte sich an, als würden sie bei jedem Schritt um Gnade flehen.

Es war zu heiß für die Jahreszeit und die Luft um uns herum flirrte.

Aus dem Flirren heraus schälte sich ihre stolze Gestalt.

Für alles andere war ich blind. Vielleicht lag es auch an der Hitze. Mein Hirn war von all der Sonne wie ausgebrannt.

Ich sah also nur die frechen schwarzen Locken, die Klamotten und ihren aufrechten Gang.

Die Steine hingegen, die direkt neben mir vom Himmel fielen, sah ich nicht.

Ich hörte sie auch nicht. Oder doch?

Mein Puls ging zu schnell – wahrscheinlich hielt ich das laute Geräusch für den Schlag meines Herzens.

Mein Name ist Mika und damals war ich 16.

Mein Name ist Mika, das ist finnisch und bedeutet idiotischerweise »Wer ist wie Gott?«

Ich auf jeden Fall nicht.

Ich hatte null Ahnung von Frauen.

Und es war ein Montagnachmittag im Juli, als diese seltsame Geschichte begann.

2 Das Mädchen sollte Calimero gehören. Keine Ahnung, warum. Das war ein unausgesprochener Plan unter Männern. Ein Gentlemen's Agreement, wenn ihr versteht, was ich meine.

Vielleicht lag es daran, dass Basti seit dem Schullandheim mit Ellen zusammen war. Große Liebe, meterlange SMS, albernes Rumgegrabsche im Fahrradkeller. Der Typ war so Ellen-verstrahlt, da war überhaupt nichts zu machen. Gegen Ellen und Basti waren Romeo und Julia ein lahmer Witz.

Und ich ... ich war seit Neuestem ein gebrochener Mann.

Vor zwei Wochen, drei Tagen und fünf Stunden hatte Sandra mich an die Luft gesetzt.

Sandra. Stell dir ein quirliges Energiebündel vor, das nie ruhig bleiben kann. Ein Mädchen, das wie ein Pingpongball durchs Leben schießt, mit dem einen Ziel, Spaß zu haben und hilflosen Jungs wie mir den Kopf zu verdrehen. Sie trug platinblond gefärbtes kurzes Haar, das sie mit viel Gel zu einer Tolle formte. Sie hatte das auf einem Foto von Pink abgeguckt und war eindeutig die hübschere Variante von beiden. Noch eine Gemeinsamkeit hatte sie mit ihrer Lieblingssängerin: Sie war Frontfrau in einer Band. Zwar nur eine Schülerband, aber das war ein Anfang. Nach dem Abschluss wollte sie nach Mannheim, auf die Pop-akademie. Wir hatten gemeinsam im Fernsehen einen Bericht darüber gesehen.

Sandra hatte Talent und sah umwerfend aus. Es war genau genommen also nur eine Frage der Zeit, bis sie sich von mir trennte.

Seit sie Schluss gemacht hatte, war irgendeine neuronale Schaltung in meinem Kopf umgelegt. Ich musste 24 Stunden am Tag ununterbrochen an sie denken. Was wir gemacht und nicht gemacht hatten. Was wir geplant und nicht geplant hatten. Was wir gesagt und nicht gesagt hatten.

Sogar wenn ich mal nicht an sie dachte, dachte ich an sie.

Jede einzelne Sekunde grübelte ich über unsere verfahrene Beziehung nach.

Ich war echt am Ende, kurz vor dem Durchdrehen, und andere Mädchen interessierten mich nicht.

Sah ich ein Schnitzel, dachte ich daran, wie Sandra die Gabel gehalten hatte.

Sah ich einen Möbelwagen, dachte ich an den alten Schreibtisch, den sie von oben bis unten mit Edding vollgeschmiert hatte, nur so als Gag.

Sah ich das Kinoprogramm für nächste Woche, dachte ich an ihren Lieblingsfilm.

Liebe braucht keine Ferien.

Fängt der nicht auch mit einer Blondine an, die ihren Kerl vor die Tür setzt? Ich hätte es ahnen müssen.

Ich war in einer gedanklichen Endlosschleife gefangen.

Also war Calimero der Glückspilz. Er lief zwischen mir und Basti, seine Mütze in die Stirn geschoben. Die Hände waren in den Taschen seiner Hose versenkt und er hatte einen Schritt drauf, als würde er goldene Hamster jagen.

Wegen ihm rannten wir dem Mädchen bestimmt schon seit fünf Minuten durch die Fußgängerzone hinterher.

Pfiffen ihr wechselseitig nach und ließen ein paar dämliche Anmachsprüche ab, als wären wir hauptberufliche Großstadtpflanzen.

»Wo hast du diesen sexy Hintern gekauft?«, schrie Basti. Und Calimero schnalzte mit der Zunge.

Aber das Mädchen war definitiv eine Nummer zu cool. Ging einfach weiter mit diesem wippenden Gang. Drehte sich kein einziges Mal um, zu uns Spinnern.

Und an der Kreuzung passierte es dann.

Sie war ein paar Meter vor uns.

Die Ampel stand schon ewig auf Grün.

»Wenn Rot ist und du stehen bleibst, krieg ich 'nen Kuss!«, schrie Calimero und ein paar Fünftklässler, die an der Bushaltestelle abhingen, sahen uns neidisch nach.

Die Ampel sprang tatsächlich auf Rot, aber das Mädchen lief in letzter Sekunde trotzdem noch rüber. Obwohl man den Laster kilometerweit hören konnte. Er kam herangerast, mit 70 Sachen durch die Innenstadt, schoss um die Kurve und bremste mit quietschenden Reifen gerade noch ab. Es sah aus wie eine Szene aus einem Actionfilm. Unwirklich und wie ein lebensgefährlicher Stunt. Um ein Haar hätte er das Mädchen überfahren.

Der Lkw-Fahrer stand kurz vor dem Herzinfarkt. Sein Gesicht war aschfahl, die Augen quollen ihm aus der Birne. Er hupte wie verrückt.

Aber das Mädchen scherte sich überhaupt nicht darum. Ging einfach ganz lässig weiter. Hocherhobenen Hauptes. Fuhr sich mit der linken Hand einmal durch ihre dunklen Locken, während unser Adrenalinspiegel im Takt der Hupe in ungeahnte Höhen schoss.

Neben uns war eine Mutter mit Kinderwagen. Das Baby brüllte wie am Spieß. Die Jungs an der Bushaltestelle glotzten blöde zu uns herüber. Und wir standen wie versteinert da, mit rasenden Herzen, weil der Lkw-Fahrer immer noch mit der Faust auf seine Hupe schlug.

Der Ton hing wie eine Sirene in der Luft, für einen Moment war Krieg ausgebrochen.

»Bist du nicht ganz dicht?« Der Fahrer hatte das Fenster heruntergekurbelt und brüllte dem davonlaufenden Mädchen hinterher.

War da ein kurzes Zögern in ihrem Gang zu sehen? Nein.

Offenbar war sie wirklich lebensmüde.

Sie verschwand um die Ecke, während wir mitsamt dem durchgeknallten Lasterfahrer und der Mutter mit Kind doof an der Ampel stehen blieben.

»Kennt ihr die etwa?«, schrie uns der Lkw-Fahrer an. »Wenn ich die zu fassen kriege, zeig ich sie an!«

Wir schüttelten die Köpfe.

Das Baby beruhigte sich endlich und der Brummifahrer fuhr fluchend davon.

»Das war's dann wohl«, sagte Calimero.

Ich nickte, irgendwie verwirrt. Mein Blick war immer noch drüben, auf der anderen Seite, an der Stelle, wo das Mädchen um die Ecke verschwunden war.

»Was guckst'n so?« Das war Basti.

»Ich guck doch gar nicht«, murmelte ich. Wir gingen wieder in Richtung Fußgängerzone zurück und steuerten auf eine Eisdiele zu.

»Verrücktes Huhn«, sagte Calimero. »Solche Frauen bringen nur Unglück. Werfen sich vor Autos, seilen sich an Häuserfassaden ab und legen Atomkraftwerke lahm. Zu viel Aufregung für meinen Geschmack. Ich glaube, ich werde mich lieber mal wieder mit Tine treffen.«

Tine ging in unsere Klasse, war Mitglied einer buddhistischen Meditationsgruppe und Calimero hatte in der Unterstufe mal was mit ihr gehabt.

Wir lachten.

Ich lachte besonders laut.

Ein Wunder war geschehen! Nach zwei Wochen, drei Tagen und fünf Stunden hatte ich für ein paar Minuten endlich mal nicht an Sandra gedacht.

3 »Wie war's in der Schule?« Meine Mutter stand in der Küche und pürierte mit dem Thermomix ungefähr vier Tonnen Guacamole. Das Zeug sah giftig grün aus, in der Spüle türmten sich Avocadoschalen. Es roch nach Rinderbraten, der im Ofen schmorte.

»Ja«, sagte ich, als wäre das eine vernünftige Antwort auf ihre Frage.

Meine Mutter verdrehte die Augen. »Wow! Doch nicht so ausführlich! Die Kurzfassung hätte auch gereicht.«

Ich starrte sie an. Sie stand jetzt an der Anrichte und zerhackte in Lichtgeschwindigkeit eine Chilischote.

»Na ja …« Ich setzte noch mal neu an, ließ es dann aber bleiben. Den Großteil des Tages hatte ich geschwänzt und dann mit Calimero irgendein komisches Zeug auf dem Jungenklo geraucht. Renée aus der Abschlussklasse hatte es uns verkauft – und es roch verdächtig nach Lavendel. Zusammen mit Basti waren wir dann noch durch die Innenstadt gelaufen und hätten beinahe ein wildfremdes Mädchen vor einen Lkw getrieben. Ob meine Mutter all das ernsthaft wissen wollte? Sie konnte froh sein, dass meine Antwort so knapp ausfiel.

Drüben auf der Anrichte entdeckte ich eine Schüssel mit Schokoladencreme.

»Untersteh dich!« Meine Mutter hatte mir den Rücken zugekehrt. Ich kapierte nicht, wie sie das machte. Jeder sprach ständig vom Überwachungsstaat. Die waren alle bloß noch nie in unserer Küche gewesen!

»Einen Löffel? Ich probier nur was vom Rand.«

»Keinen Löffel!« Sie drehte sich zu mir um. »Ist sowieso zu wenig. Die Sahne war schlecht.«

Meine Mutter war eine kleine Frau, die recht jung aussah. Sie hatte mich mit 20 während der Lehrzeit bekommen. Eigentlich wollte sie Hotelfachfrau werden, aber daraus wurde nichts. Sie hatte meinen Vater geheiratet, den sie noch von den Pfadfindern kannte. Mein Vater hatte nach meiner Geburt weiter Sport und Erdkunde studiert. Irgendwann kauften die beiden das Haus neben dem Haus meiner Großeltern. Meine Oma wohnte genau nebenan, Opa war seit zwei Jahren tot.

Nachdem meine Schwester Iris zur Welt gekommen war, hatte Mama mit dem Partyservice begonnen. Seitdem sah unsere Küche immer aus wie ein Schlachtfeld und der Kühlschrank war ständig leer, weil sie bei all der Zubereitung ganz vergaß, für ihre eigene Familie zu kochen. Vorher hatte sie drei, vier Jahre mit Thermomix gedealt.

»Für wen ist denn das ganze Zeug?« Ich starrte sehnsüchtig den Nachtisch an. Meine Mutter trat neben mich und streifte ein Blatt Alufolie über die große Schüssel.

»Der Emil Hubert hat heute doch seinen Siebzigsten. Der Opa von Sonja, die mal mit dir im Tischtennisverein war.«

An Sonja konnte ich mich nur schwach erinnern. Aber an ihren Opa. Er saß das ganze Jahr über auf einer Bank vor dem Haus und sah ins Leere.

»Und der hat Guacamole bestellt?«

Mama zuckte mit den Schultern. »Klar. Wieso nicht? Wollte wohl als junger Mann immer mal nach Mexiko.«

Emil Hubert? Ich konnte mir schwer vorstellen, dass der überhaupt mal jung gewesen war. Noch schwerer fiel mir die Vorstellung, dass er jemals seine Bank verlassen wollte, um aus der Ortschaft wegzugehen. Die meisten, die hier lebten, taten das schon immer. Ein kleines Dorf, mit S-Bahn-Anbindung in die Stadt. Wenn ich erst volljährig war, war ich sofort raus aus dem Kaff. Noch in derselben Minute.

Ich dachte an die Popakademie. Aus dem Internet hatte ich mir vor einiger Zeit Stellenausschreibungen für Mannheim rausgesucht. Dabei war mein Schulabschluss erst in einem Jahr. Aber sicher war sicher. Ich hatte Sandra auf jeden Fall begleiten wollen. Vielleicht eine Ausbildung zum Tontechniker machen. Oder irgendeine andere Lehrstelle. Hauptsache in ihrer Nähe.

Mit der Trennung von Sandra war auch jede Idee gestorben, was ich nach der Schule machen könnte. Ein Auslandsjahr? Bundeswehr? Eine Lehrstelle suchen? Aber was und wo?

Ein plötzlicher Anflug von Panik ergriff mich. Ich drehte den Wasserhahn auf und trank gierig, über die Spüle gebeugt.

»Du bist ein Schwein!«, schimpfte meine Mutter. »Wirf erst mal die Avocadoschalen weg! Das gibt nur eklige Matsche.«

Meine kleine Schwester stürmte in die Küche.

»Krieg ich Schokocreme?«

Meine Mutter wirkte müde. »Nein. Was macht ihr beide überhaupt hier? Setzt euch gefälligst vor die Glotze wie normale Kinder und nervt mich nicht. Werdet fernsehsüchtig. Dieses Abgehänge in der Küche kann ich nicht ab.«

Iris kicherte.

»Kommt Sandra heute?«, fragte sie und sah mich aus Hundeaugen an. Iris liebte Sandra. Jeder liebte Sandra. Es war unmöglich, sie nicht zu lieben.

»Ich habe dir doch schon erklärt, dass Sandra ...« Ich drehte den Wasserhahn wieder zu. Mama hatte recht gehabt. In der Spüle schwamm jetzt ein ekliger Brei aus Avocadoschalen. Es sah widerlich aus. »Sandra und ich haben Schluss gemacht. Du kapierst doch, was das bedeutet?«

Iris nickte. »Ihr heiratet also nicht!«

Ich sah meine Schwester entgeistert an. Von Heirat hatten wir sowieso nie gesprochen. Aber Iris war momentan im romantischen Alter. Sie hatte eine Hochzeitsbarbie in einem bescheuerten weißen Spitzenkleid. Dazu passend gab es das Hochzeitspferd: ein Schimmel, der eine rosa Krone trug. Wenn man das Pferd seitlich berührte, spielte es eine Hochzeitsmelodie. Ich fragte mich ernsthaft, wer all diesen Kitsch für Kinder erfand. Vielleicht dachte Iris wirklich, dass das Leben so war. Berüscht, mit Spitzen und einem Märchenschloss. Mit einem Pferd, das nicht kackte, sondern stattdessen einen Hochzeitswalzer spielte. Es war Zeit, dass Iris endlich erwachsen wurde.

»Man heiratet heutzutage nicht so schnell«, sagte ich. »Außer man wird ungewollt schwanger und muss.«

Meine Mutter nahm mit versteinertem Gesicht den Braten aus dem Ofen.

»Meine Barbie ist Single«, sagte Iris aufmunternd. »Wenn du willst, kannst du sie heiraten. Sie hat noch keinen Mann. Du darfst ihr zur Verlobung eine Kette kaufen, aber eine mit rosa Diamanten.«

Ich war fassungslos. »Deine Barbie ist eine Braut. Sie kann nicht Single sein«, korrigierte ich sie.

»Kann sie wohl!« Iris bockte. »Sie ist eine Braut ohne Mann. Sie hat dafür einen Glitzerring und Schuhe mit Sternenstaub. Und Ricko. So heißt ihr Pferd. Die beiden sind beste Freunde.«

»Soll das heißen, es geht deiner Barbie nur um das Kleid und das Pferd und den Schmuck? Kapierst du gar nicht, dass es beim Heiraten in Wahrheit um Liebe geht?«

Über Iris' Kopf hinweg sah ich, wie mir meine Mutter den Vogel zeigte. »Sie ist ein Kind!«, formte sie mit den Lippen. Aber in dem Moment war mir das egal. Mir war endlich aufgegangen, wie Mädchen tickten. Es ging ihnen überhaupt nicht um uns Jungs. Es ging ihnen darum, hübsch auszusehen, eine Prinzessin zu sein. Schuhe mit Sternenstaub zu tragen.

»Wir Männer sind also nur die Ärsche, die die Rechnung bezahlen!«, sagte ich schroff.

Meine Mutter schlug mit der Faust auf den Tisch. »Jetzt reicht's aber. Wie sprichst du denn mit ihr? In meinem Haus wird nicht so geredet. Was ist in letzter Zeit überhaupt mit dir los?«

Ich musste an Sandra denken. Wie sie mir im Schwimmbad gesagt hatte, dass sie Schluss machen wollte. Das Wasser war mir auf einmal unendlich tief vorgekommen.

»Kommt Sandra dann morgen?« Iris sah hoffnungsvoll aus.

Auf ihrer Stirn klebte Glitzerstaub. Keine Ahnung, wie er in ihrem Gesicht gelandet war. »Habe ich dir nicht eben erklärt ...?« Ich machte eine abwehrende Handbewegung. »Vergiss es. Vergiss es einfach. Und nenn den Namen Sandra bitte nie mehr!«

• • •

Ich verzog mich nach oben in mein Zimmer und schaltete den CD-Player ein. Coldplay, extralaut. Mama hasste es, wenn ich das machte. Aber das war meine Rache für die entgangene Schokoladencreme.

Irgendwelche Bauernfamilien stopften sich jetzt damit die Bäuche voll, während für uns nicht mal eine abgelaufene Milchschnitte im Kühlschrank lag.

Ich warf mich auf das Bett und betrachtete die Wand gegenüber. Sandra und ich hatten sie irgendwann um Weihnachten herum mit einem Graffiti besprayt. Uns war die Decke auf den Kopf gefallen, also waren wir losgezogen und hatten uns in so einem kleinen Checkerladen in der Nordstadt ein paar Spraydosen organisiert. Jetzt stand neben einem Graffiti, das einen Düsenjet zeigte, der Schriftzug »Sandra & Mika forever!«

Meine Eltern hatte fast der Schlag getroffen. Drei Monate hatte ich kein Taschengeld bekommen. Aber das war es mir wert gewesen.

Irgendwann würde ich den grellen Schriftzug übermalen müssen.

Sandra & Mika forever.

Der Schriftzug verschwand vor meinen Augen und das Schwimmbad kehrte in meine Erinnerung zurück. Ich hatte drei Bahnen gekrault und Sandra war fast reglos genau in der Mitte des Beckens auf dem Rücken immer im Kreis geschwommen. Ein paar Rentner hatten sich über sie aufgeregt. »Aus der Bahn, Mädchen! Wenn du nicht richtig schwimmst, geh gefälligst ins Kinderplanschbecken!«

Sie hatte die Alten einfach ignoriert. So getan, als ob sie sie nicht hören konnte, an die Decke der Schwimmhalle geglotzt, als wäre sie eine Wasserleiche.

Irgendwann hatte ich ihre Bahn gekreuzt. »Träumst du?«

»Nein.« Sie hörte auf mit ihren endlosen Kreisen. »Ich denke nach. Ich glaube, wir müssen Schluss machen!« Sie lächelte mich an. Ein abgeschautes Pink-Lächeln, die Wimpern waren dick getuscht. Ich fragte mich, wie sie es hinkriegte, dass das Zeug im Wasser nicht verwischte.

»Schluss machen? Mit was?« Ich planschte um Sandra herum und kapierte gar nichts.

»Na, mit uns!« Sie lächelte immer noch, als wollte sie mich verarschen. Ich fiel prompt darauf rein.

»Gute Idee. Wir können ja Freunde bleiben!«, sagte ich scherzhaft und fasste sie an der Schulter. Ich wollte sie küssen, aber sie schob mich grob von sich weg.

»Lass das!« Auf einmal war ihr Lächeln wie weggeätzt. »Ich meine das ernst. Es ist aus. Finito. Schluss eben.«

Mein Blick wanderte langsam zu den Wandkacheln hinüber. Sie waren dunkelblau. Ich fing an zu zählen: 1, 2, 3, 4 … Das mussten Hunderte oder sogar Tausende von blauen Kacheln sein. Der Bademeister lief durch mein Blickfeld. Da drüben, neben der Plastikpalme, hatten sie ein Werbebanner aufgehängt. Ein regionales Bademodengeschäft warb mit Sonderverkaufspreisen. Ich sah wieder Sandra an. Sie trug einen Bikini mit Zebramuster und kleinen glitzernden Steinchen darauf. Sogar ihre Badeklamotten sahen aus wie von einem Versandhaus für künftige Superstars. Wo ging eigentlich die echte, die wahre Pink hin, wenn sie mal schwimmen wollte? Ob die einfach so ins nächstbeste Freizeitbad fuhr? Sich irgendeinen schicken Bikini überwarf und lässig ihre Bahnen kraulte? Bestimmt nicht. Wahrscheinlich hatte Pink einen eigenen Swimmingpool im Keller. Wo sie mit all den anderen reichen Tussis schwamm und über Jungs lästerte, mit denen sie Schluss machen wollte.

»Was sagst du dazu?« Sandras Stimme katapultierte mich ins Hier und Jetzt zurück. Der beißende Chlorgeruch stieg mir in die Nase. Drei Rentner, die aussahen wie hundertjährige Schildkröten, schwammen im Zeitlupentempo an uns vorbei. Irgendwo schrien Kinder. Kaufhausmusik waberte durch die Lautsprecher über uns, das war mir vorher gar nicht aufgefallen.

»Somewhere over the Rainbow ...«

Eine Dusche ging.

»Was soll ich dazu sagen?« Ich sah sie entgeistert an. »Wir wollten uns 'nen schönen Nachmittag machen. Und jetzt fällt dir ein, dass du eigentlich Schluss machen willst. Ziemlich spontan, wenn du mich fragst. Ich meine ...« Ich hörte auf mit meinen sinnlosen Paddelbewegungen. Ließ mich ein Stück untergehen, bis sich die Wasserdecke über mir schloss.

Hier unten war alles ruhig. Kein »Over the Rainbow« aus den Lautsprecheranlagen. Kein Kindergeschrei. Keine Sandra, die mir Sätze an den Kopf warf, die mich verwirrten und mit denen ich nichts anfangen konnte.

Die Luft wurde mir knapp und ich schwamm wieder nach oben.

»Du weichst meinem Gespräch aus!«, sagte Sandra. Jetzt hatte die Wimperntusche doch Schaden genommen. Ein kleiner schwarzer Tropfen perlte an ihrem linken Augenwinkel herab.

»Ich ... ich weiche gar nicht aus!«, stotterte ich. »Ich warte auf das Filmteam mit der versteckten Kamera. Das kann doch nur ein schlechter Witz sein!«

»Wir hatten ein gutes Jahr!«, sagte Sandra. »Ist doch ein prima Zeitpunkt, es zu beenden. Dann bleiben nur schöne Erinnerungen zurück.«

Ich dachte an das Graffiti an meiner Zimmerwand. An meinen Schreibtisch, der mit rotem Edding bemalt war. Ich dachte an unsere Isomatte bei Rock am Ring, an die Lichterkette, die wir beim »Tollwood-Festival« gekauft hatten. An unsere Nachmittage im Jugendzentrum.

Ich dachte daran, wie wir vor einem Monat in einem Zelt im Garten ihrer Großeltern zum ersten Mal miteinander geschlafen hatten.

Ein gutes Jahr? Für mich war es der Beginn einer neuen Zeitrechnung gewesen.

»Ich finde einfach, wir sollten uns trennen, bevor es langweilig wird.« Sandra hatte angefangen, in Richtung Treppe zu schwimmen. Ich folgte ihr.

»Aber mir ist nicht langweilig!«, protestierte ich hinter ihr. »Keine einzige Sekunde.«

Das stimmte nicht hundertprozentig. Manchmal hatte ich mich schon gelangweilt. Wenn sie mich zum Shoppen mitschleppte und ich Stunden vor den Kabinen warten musste. Wenn sie ein Konzert in irgendeiner Schulaula gab und danach wichtig mit irgendwelchen anderen Bandleuten diskutierte, ohne mich auch nur eines Blickes zu würdigen. Ein paarmal hatte sie mich versetzt und ich hatte Ewigkeiten in einer Kneipe auf sie gewartet.

Sandra stieg aus dem Wasser. Sie setzte sich auf die beheizte Steinbank und zog die Beine an. Sie zitterte. »Irgendwie merke ich eben, dass das nicht alles gewesen sein kann!«, sagte sie.

Ich wusste nicht, was ich darauf antworten sollte.

»Wir sind doch beide noch so jung. Hast du nicht manchmal Lust darauf, jemand anderen kennenzulernen?« Sie knabberte an ihrem lila Fingernagel herum.

Ich schüttelte den Kopf. Sandra sah mich mitleidig an.

»Hast du einen Neuen?«, fragte ich. Meine Stimme klang merkwürdig gepresst.

Sandra lächelte wieder. »Quatsch. Natürlich nicht.«

Ich atmete aus, obwohl es nichts an der Tatsache änderte, dass sie mich abschießen wollte. Sie meinte es ernst, das hatte ich langsam kapiert.

Sie legte ihre kalte Hand auf meinen Arm. »Nimm's nicht persönlich, Mika!«, sagte sie. »Ich finde dich echt toll. Und wir verstehen uns doch trotzdem prima. Wir können doch Freunde bleiben.«

Dann war sie aufgestanden und ich blieb allein am Beckenrand zurück.

Jemand zupfte an meinem Ärmel.

»Iris!« Ich schreckte aus meinen Gedanken hoch. Mein Zimmer dröhnte von der Musik von Coldplay. Ich sah bestimmt schon seit zehn Minuten blöde die angemalte Zimmerwand an.

Meine Schwester kaute auf einem rosa Kaugummi und musterte mich neugierig.

Hastig wischte ich mir über die Augen.

»Weinst du?« Ihr Kaugummi verströmte einen künstlichen Erdbeergeruch im Zimmer.

»Nein«, sagte ich. »Jungs weinen nicht. Sie haben keine Tränendrüsen. Hat dir dein Biolehrer das nicht erklärt?«

Sie schüttelte den Kopf. »Wir haben kein Bio, sondern Heimat- und Sachkunde. Und da sprechen wir nur immer über Frösche.«

Ich richtete mich auf. »Überhaupt sollst du doch klopfen, bevor du in mein Zimmer kommst!«, fuhr ich sie viel zu heftig an. »Das habe ich dir schon tausendmal gesagt!«

»Ich habe geklopft!«, behauptete sie. »Dreimal!«

»Wenn man geklopft hat, wartet man, bis man reingelassen wird!«, hielt ich ihr eine Standpauke. »Und wenn man nicht reingelassen wird, verpisst man sich wieder. Das nennt man dann Höflichkeit, kapiert?« Meiner Meinung nach hatten meine Eltern bei der Erziehung ihrer Tochter völlig versagt.

Ich machte die Musik leiser.

»Darf ich in deinem Zimmer Benjamin Blümchen hören?« Sie zog mit dem Zeigefinger einen rosa Kaugummifaden aus ihrem Mund.

»Nein.« Ich kam mir fies vor. Aber wenn es nach ihr ginge, würde sie den ganzen Tag in meiner Bude herumhängen, Bilder an meinem Schreibtisch malen, ihre Barbies auf meinem Bett platzieren oder meinen neuen CD-Player mit Benjamin Blümchen quälen.

»Was habt ihr heute in der Schule gemacht?«, fragte ich versöhnlich. Ich wollte ja ein guter Bruder sein, aber nicht um jeden Preis.

»Verkehrserziehung«, sagte sie beleidigt.

Ich dachte an das lockige Mädchen von heute Nachmittag. Wie sie beinahe von dem Lkw überrollt worden wäre.

Irgendetwas an ihr hatte mir gefallen, obwohl sie ein ganz anderer Typ als Sandra war.

»Was machst du, wenn die Ampel rot ist?«, fragte ich.

»Stehen bleiben!«, kam es wie aus der Pistole geschossen.

»Und wenn die Ampel gerade umschaltet?«

Das war schon kniffliger. Iris überlegte. »Noch ganz schnell rüberflitzen?«

»Nein!« Ich sah sie streng an. Bei der Vorstellung, dass Iris auch mal in meinem Alter sein würde, bekam ich fast Angst. Ich stellte sie mir in ein paar Jahren vor, wie sie durch die Stadt ging und Jungs ihr krasse Sachen nachrufen würden. Wie sie vielleicht beinahe von einem Auto überfahren wurde, weil sie vor einer Gruppe idiotischer Typen auf der Flucht war.

Auf der anderen Seite war das ja alles nur Spaß gewesen. Wir hatten das Mädchen nicht wirklich belästigt. Wir waren ihr nur ein bisschen gefolgt ...

»Wenn da mal so ein paar Jungs hinter dir herlaufen ...«

Iris sah mich aus großen Augen an. »Jungs sind blöd«, sagte sie.

»Ja, klar. Aber irgendwann findest du das vielleicht nicht mehr. Und wenn die Jungs dir dann nachlaufen und so Sachen schreien ... Also, die meinen das nicht unbedingt ernst. Die wollen dich nur ein bisschen ärgern.«

»Jungs sind blöd«, wiederholte Iris.

»Schon in Ordnung.« Ich seufzte. »Und merke dir eines: Zieh dir bloß nie kurze Röcke an!«

Verständnislos kaute Iris auf ihrem Kaugummi herum. »Hast du mir schon das Freundebuch gekauft?« Sie machte eine Kaugummiblase.

»Was für ein Freundebuch?«

»Ich hab doch am Samstag Geburtstag!«

Mir fiel es siedend heiß wieder ein. Am Samstag wurde Iris sieben und ich hatte versprochen, ihr ein Freundebuch zu kaufen.

»Entweder von Prinzessin Lillifee, von Diddl oder von Arielle, die Meerjungfrau«, listete sie auf.

»Mhm.« Gab es eigentlich gar keine normalen Freundebücher mehr? Zu meiner Grundschulzeit waren immer irgendwelche Hundewelpen oder Schulkinder auf den Eintragbüchern gewesen.

»Du kannst es im Internet bestellen!«, sagte Iris. »Bei Amazon.«

Ich sah sie fassungslos an. Wo um alles in der Welt war die Kindheit geblieben?

»Weißt du, so ein Diddl-Album hat doch bestimmt jeder«, versuchte ich zu erklären. »Und Lillifee auch!«

»Aber ich habe noch keins!«, sagte Iris. Dann ging sie aus meinem Zimmer hinaus und ich stellte die Musik wieder lauter.

4 Die Frau hinter der Imbiss-Theke lächelte mich über ihr Kreuzworträtsel hinweg verständnisvoll an und ich legte rasch meine Hand auf das Freundebuch. Na prima! Ich hätte im Schreibwarenladen doch eine Tüte mitnehmen sollen. Scheiß Umweltschutz! Jetzt sah es aus, als wäre das mein Freundebuch.

»Ich liebe Diddl«, sagte sie. »Ich habe eine ganze Sammlung. Postkarten, Stofftiere. Schlüsselanhänger ...«

»Ist für meine kleine Schwester«, murmelte ich verlegen. Ich fand diesen Diddl eigentlich sonderbar. Was sollte das überhaupt sein? Ein Hase? Eine Maus? Die Folge einer unerlaubten genetischen Kreuzung?

»Was möchtest du?« Die Frau beugte sich über den Tresen der Imbissbude und hörte endlich auf mit ihrem Kreuzworträtsel. Ein schaler Pommesgeruch hing in der Luft.

»Cola mit Schuss«, sagte ich.

»Bist du schon 18?« Sie deutete mit ihrem Kugelschreiber auf mich. Das Shirt der Budenbesitzerin war zu weit ausgeschnitten und ihr Busen war eindeutig zu groß, ich musste ständig darauf starren.

»Sehe ich so aus?«, fragte ich. »Ich meine, wie 18?«

Sie schüttelte den Kopf. »Nicht wirklich. Also: Cola, Fanta oder Sprite? Wir dürfen keinen Alkohol an Minderjährige ausschenken.«

Minderjährig. Das klang wie minderwertig. In meinen Augen war das der pure Hohn. Nie mehr im Leben hatte man Alkohol so nötig wie mit 16. Es gab so viel, was man im Suff ertränken musste ... da reichte ein Schuss genau genommen gar nicht aus.

»Cola.«

Die Brüste der Frau wippten zustimmend und sie drehte sich zu den Kühlschränken um.

Gedankenverloren ließ ich meinen Blick über den Platz gleiten. Drüben, vor dem Schaufenster mit den reduzierten Ledertaschen, stand Sandra mit ihren zwei besten Freundinnen.

Für einen Moment wurde mir schwindelig. Es war, als hätte ich eine Halluzination. Seit der Trennung hatte ich Sandra nicht wiedergesehen. Ihr Gesicht spiegelte sich im Schaufenster. Sie sah toll aus. Die Sonnenbrille, die sie trug, war neu. Ihr Haar war frisch gefärbt und geschnitten, der Lipgloss glänzte im Sonnenlicht.

»Junge, du bist so blass auf einmal!« Die Frau hinter der Theke wirkte besorgt. »Ein Gespenst gesehen?«

Ich schüttelte verstört den Kopf. Die Mädchentruppe setzte sich wieder in Bewegung. Sie hatten mich nicht entdeckt und schlenderten in Richtung Fußgängerzone davon.

»Was macht das?« Auf einmal hatte ich es eilig. So in etwa musste sich ein Drogenabhängiger auf Entzug fühlen. Man wollte ja clean bleiben, aber man stürzte doch immer wieder ab. Das größte Problem war, dass meine Droge zwei Beine hatte und gerade dabei war, für immer aus meinem Blickfeld zu verschwinden.

»2 Euro«, sagte die Frau. Ich klatschte eine Münze auf den Tisch und rannte der davonlaufenden Gruppe hinterher.

»Und deine Cola?« Die Frau klang gekränkt und winkte mir hinterher. Ich hatte die Colaflasche einfach stehen lassen. Das Diddl-Album presste ich gegen meine Brust.

Hatte ich sie schon aus den Augen verloren?

Nein, am Ende der Fußgängerzone waren sie. Sie bummelten nebeneinander an den Geschäften vorbei und hatten sich untergehakt. Ganz links lief Vanessa, die mich noch nie hatte leiden können. Sie war immer übertrieben geschminkt, als hätte sie ein Kosmetikstudio überfallen. Rechts war Nadine, die älteste Freundin von Sandra. Ich mochte sie. Sie sah ein bisschen unscheinbar aus, hatte aber ein herzliches Lachen. In der Mitte: Sandra selbst. Sie hatte sich nicht nur eine coole Sonnenbrille geleistet, sondern auch neue Klamotten gekauft. War sie schon immer so schlank gewesen? Die Nietenjeans saß auf jeden Fall perfekt.

Das war der Unterschied: Seit wir uns getrennt hatten, hatte ich meine Kleidung kaum mehr gewechselt. Ich verwahrloste langsam in meinem dunkelgrauen Sweatshirt, schrieb gekränkte SMS und starrte meine Zimmerwand an, während sie in neuem Outfit durch die Stadt spazierte. Die Trennung wirkte auf sie wie eine Schönheitskur.

Ich war zu schnell gelaufen, jetzt hatte ich die Mädchen fast eingeholt. Auf keinen Fall durften sie mich bemerken! Ich konnte direkt Vanessas abschätziges Gesicht vor mir sehen. Dass ich wie ein Spinner hinter Sandra herschnüffelte, passte exakt zu dem negativen Bild, das sie von mir hatte.

»Was ist jetzt mit Kino?« Vanessa war stehen geblieben.

Ich machte an der Häuserecke halt und versteckte mich im Eingang. Die Mädchen überlegten und Vanessa zündete sich eine Zigarette an.

»Zu teuer«, sagte Nadine. »Gehen wir lieber ins Dunkelcafé! Das wird euch gefallen, ich war da mal mit meiner Tante.«

Die drei machten einen Schlenker nach rechts und verschwanden in einer engen Seitengasse. Hier war ich noch nie gewesen. Die Fußgängerzone mit den vielen Läden und Kneipen lag jetzt hinter uns und ich fragte mich, was die Mädchen hier zu suchen hatten. Ich konnte mich erinnern, dass Nadine irgendwo in der Gegend wohnte. Von einer Kneipe mit dem Namen Dunkelcafé hatte ich allerdings noch nie gehört.

Die Mädchen schlenderten durch einen Park und ich folgte ihnen in sicherer Entfernung. Sandra blieb für einen kurzen Moment stehen, ging in die Hocke und band sich ihre Schnürsenkel. Selbst ihre Turnschuhe waren neu. Neu, neu, neu. Jetzt fehlte nur noch ein neuer Typ an ihrer Seite.

Die Mädchen verließen den Park. Auf der gegenüberliegenden Straßenseite stand ein gelb bemaltes Haus, das neben dem Eingang eine Rampe hatte. Darüber hing ein selbst gebasteltes Schild: »Freak City«. Zielsicher steuerte die Gruppe darauf zu.

Keine Minute später waren sie im Inneren des Hauses verschwunden.

Planlos blieb ich an der Eingangstür stehen. Was sollte das sein? Ein Jugendtreff?

Überall hingen Plakate an der Hausfassade. »Gib Aids keine Chance!« Darunter das Ankündigungsposter für einen Marathonlauf. Die Reste einer Suchanzeige klebten in der linken Ecke: »Anne aus dem Töpfer-Kurs! Melde dich bei Ralf!« Daneben bot jemand ein Zimmer in einer Regenbogen-WG an. Was um Himmels willen war eine Regenbogen-WG? Und was wollte Sandra mit ihrer neuen Sonnenbrille, den trendigen Turnschuhen und der nietenbesetzten Jeans in diesem seltsamen Schuppen?

Die Tür wurde aufgerissen und ein Typ mit tomatenrot gefärbtem Wuschelhaar sprang an mir vorbei die Stufen hinab. Er lief zu den Biotonnen und schüttete den Inhalt eines Plastikeimers schwungvoll aus. Ein paar Apfelschalen fielen daneben, aber er kümmerte sich nicht darum.

Auf seinem verwaschenen T-Shirt stand: Vertretung für Superman.

»Peace, Bruder«, sagte ich, als der Typ von den Tonnen zurückkam.

Er zog seine Augenbrauen hoch und grinste. »Du willst bestimmt ins Dunkelcafé.«

Ich wollte da rein und meine Exfreundin entführen. Ich wollte sie mir über die Schulter werfen wie ein Neandertaler, sie in die S-Bahn schleifen und mit zu mir nach Hause nehmen. Ich wollte sie in mein Zimmer mit dem Graffiti an der Wand sperren und erst wieder rauslassen, wenn die Ewigkeit vorbei war, die sie mir versprochen hatte.

Immer noch sah der Typ mich an. »Was ist jetzt? Ist eine echt interessante Erfahrung.«

Ich musterte seine ausgeleierten Cordhosen, die Schuhe, die er trug, hatten unterschiedliche Farben. Bestimmt fand er, dass ich in meinen Durchschnittsklamotten und mit dem kurzen braunen Haar ziemlich langweilig aussah.

»Ich bin übrigens Tommek und mache hier meinen Zivi.« Der Typ nickte mir zu.

»Zivildienst in einer Kneipe?«

Er schüttelte den Kopf. »Der Kneipenbetrieb läuft nur nebenbei. Ich kümmere mich vor allem um die Events. Charity-

Konzerte, Tombolas und all der Kram. Das Dunkelcafé zum Beispiel. Hast du jetzt Lust? Der Erlös für Getränke geht direkt ans Blindenwerk.«

Blindenwerk? Was hatte ich mit dem Blindenwerk zu tun?

Tommek kratzte sich an der Stirn. »O. K., ich sehe schon, du kapierst überhaupt nicht, wovon ich spreche. Also, ein Dunkelcafé ist ein ganz normales Café, das allerdings komplett im Finsteren abläuft. Die Bedienungen sind alle blind, für die ist das überhaupt kein Problem, sich sicher im Raum zu bewegen. Die Gäste sind ganz normale Leute wie du und ich. So können wir uns auch mal einen Eindruck machen, wie es ist, überhaupt nichts zu sehen.«

Ich sah Tommek ungläubig an. Dunkelcafé. Wenn Calimero und Basti mich jetzt mit diesem komischen Typen sehen könnten, würden sie sich über mich schlapplachen.

Tommek hob die Schultern. »Musst selber entscheiden, ob du deinen Horizont erweitern willst. Das Projekt findet nur noch bis Ende der Woche statt. Du solltest es ehrlich ausprobieren. Einfach rein und den Schildern nach, runter in den Keller. Am Eingang wirst du dann vom blinden Personal abgeholt. Wenn dir das zu krass wird, kannst du hochkommen ins normale Café. Freak City.«

Verdattert nickte ich. »Ja, ich glaube, ich will mir das geben«, sagte ich.

Tommek wirkte erfreut. »Dachte ich mir doch, dass du offen für Neues bist!«, sagte er. »Und bestell was von der Torte. Du weißt ja, jeder Cent geht an das Blindenwerk.«

Das Blindenwerk war mir reichlich egal. Aber die Vorstellung, mit Sandra in einem Raum zu sein, hatte meinen Entschluss spontan erleichtert.

Ich folgte Tommek nach drinnen und ging die Kellertreppe hinab. Das Licht war gedämpft, von unten drang leise Jazz-Musik.

Vor dem Kellereingang hing ein dicker schwarzer Vorhang. Ich schlüpfte durch. Dann klopfte ich.

»Hallo?« Eine Männerstimme nahm mich in Empfang. Ich konnte die Hand vor Augen nicht sehen.

»Hallo«, murmelte ich. »Wollte mir das mal ansehen!«

Die Männerstimme klang amüsiert. »Zu sehen gibt es hier zwar nicht gerade viel, aber trotzdem schön, dass du vorbeikommst! Leg deine Hand auf meine Schulter, ich führe dich zu einem freien Tisch. Willst du gleich was zu trinken bestellen? Nusstorte gibt es heute auch.«

Mit stolpernden Schritten folgte ich dem Kellner in den Raum hinein. Es war dunkelste Dunkelheit und überall waren Gesprächsfetzen zu hören.

»Denkst du wirklich ...?!«

»... und dann natürlich die Führerscheinprüfung. Hätte mich ja auch gewundert, wenn ...«

»Jetzt kommt der Witz: Die geben mir einen Termin am späten Nachmittag, und als ich dort ankomme ...«

Wir gingen weiter. Sandras Stimme hatte ich bislang nirgends gehört.

Aus Lautsprechern plätscherte Musik. Es war ehrlich sonderbar. Eine Party im Dunkeln.

»Ich hätte dann gern eine Cola mit Schuss«, sagte ich, als der Kellner mir einen Stuhl zurechtrückte. Schon jetzt hatte ich jede Orientierung im Raum verloren.

»Du bist doch noch keine 18!«

Ich sah irritiert in Richtung meines unsichtbaren Kellners.

»Das hört man«, erklärte der Mann. »Wir Blinden können das Alter von Personen ziemlich genau abschätzen.«

»Dann eine normale Cola. Und eine Nusstorte.«

Die Schritte entfernten sich.

Der Raum um mich herum kam mir klein vor. Als wäre ich mit lauter fremden Leuten in einem Aufzug stecken geblieben. Aber das Zimmer musste groß sein. Vom anderen Ende, weit entfernt, konnte ich ein Husten hören.

»Eine Nusstorte und eine Cola.« Mein Kellner war zu mir zurückgekehrt. Ich fragte mich, wie er sich in dieser Finsternis zurechtfinden konnte.

»Darf ich gleich kassieren?«

Jetzt wurde mir das Spiel langsam suspekt. Ich gab doch nicht einem wildfremden Kerl im Dunkeln mein Geld! Der Kellner lachte. »Keine Angst. Wir sind absolut ehrlich hier unten. Außerdem haben wir eine Schablone, um uns zu vergewissern, dass der Betrag stimmt. Wenn du willst, kannst du probieren, ob du selber klarkommst. Die Münzen und Scheine haben alle eine unterschiedliche Größe.«

Ich zog meinen Geldbeutel aus der Gesäßtasche und machte ihn auf. Wenn er mir jetzt runterfiel, hatte ich ein echtes Problem. Nervös griff ich ins Münzfach. Was war das? Ein Euro? Zehn Cent? Ich kam mir völlig verloren vor.

»Drei Euro dreißig macht das«, sagte mein Kellner geduldig. Ich legte ihm blind die Münzen auf den Tisch.

Der Kellner ließ das Geld in seine Handfläche gleiten. »Fast richtig«, sagte er dann. »Du hast mir drei Euro siebzig gegeben.«

»Der Rest ist Trinkgeld«, sagte ich erschöpft.

Die Schritte des Mannes entfernten sich.

Unbehaglich stocherte ich in meiner Nusstorte herum. Es war komisch, etwas zu essen, das man nicht sah. Ich versuchte, mir die Torte bildlich vorzustellen. War eine Schicht Sahne darauf? Tommeks Einschätzung stimmte: Es war eine neue Erfahrung.

Ein gutes Stück links hinter mir konnte ich ein vertrautes Lachen hören. Ich legte meine Gabel zur Seite. Endlich hatte ich Sandras Fährte entdeckt!

Leise schob ich meinen Stuhl zur Seite. Meine Cola ließ ich stehen. Bestimmt würde ich nie wieder hierher zurückfinden. Aber egal.

Ich tastete mich durch den Raum in die Ecke, wo ich Sandra und ihre Freundinnen vermutete.

»Haha, sehr witzig!« Das war Vanessa.

Ich blieb einen gefühlten Meter vom Tisch der Mädchen entfernt stehen. Als Kind hatte ich mir oft gewünscht, unsichtbar zu sein. Jetzt war ich es und hatte absolut kein schlechtes Gewissen, meine Exfreundin zu belauschen.

»Ich brauche auf jeden Fall erst mal eine Weile Auszeit von ihm!«, stellte Sandra fest.

»Das klingt, als ob du doch noch was von Mika willst?« Nadine wirkte überrascht. »Belästigt er dich eigentlich immer noch mit seinen ständigen Anrufen?«

Ich wurde rot. Es stimmte, ich hatte in den zwei Wochen seit der Trennung ein paarmal bei Sandra angerufen. Und ich hatte ihr manchmal nachts eine SMS geschickt, wenn ich aufgewacht war und an sie gedacht hatte. Aber »Belästigung« war ein zu hartes Wort!

»Er kommt überhaupt nicht darüber weg«, sagte Sandra und seufzte. Irgendwie klang sie zufrieden dabei. »Ich meine, das war ja auch die ganz große Liebe zwischen uns. Echt starke Gefühle, eine richtig ernste Sache …«

Schritte näherten sich. Eine weibliche Stimme war zu hören.

»Ich bringe die Getränke!«

Kakao, dachte ich. Das war Sandras Lieblingsgetränk.

»Latte Macchiato«, sagte Sandra. »Ich steh auf das Zeug!«

Die Bedienung servierte die Getränke und entfernte sich wieder.

»Wo waren wir stehen geblieben?« Nadine klang gespannt.

»Dass Sandra eine Auszeit braucht!«, nahm Vanessa den Faden auf.

»Vielleicht merke ich ja in der Zwischenzeit, dass ich wirklich zu Mika gehöre«, murmelte Sandra. »Wir hatten echt superschöne Zeiten. Vielleicht wird mir aber auch bewusst, dass es langfristig zwischen uns nicht funktionieren kann. Als Partner fehlt Mika einfach der nötige Pep.«

Das Blut in meinen Schläfen pochte. Sandra sprach so ungeniert über mich, als würde sie die letzten Fußballergebnisse herunterbeten.

»Kein Pep. Meinst du das jetzt sexuell, oder was?«, fragte Vanessa und lachte quietschend auf.

»Quatsch«, Sandra schlürfte an ihrem Kaffee. »Ich meine damit seine Persönlichkeit.«

Irgendwie wünschte ich mir fast, sie hätte es sexuell gemeint.

»Das Problem ist einfach, dass Mika immer den einfachsten Weg wählt. Der ist so zufrieden mit dem Ist-Zustand.« Langsam redete Sandra sich in Rage. »Der würde sich nie für was engagieren. Der nimmt die Sachen so, wie sie ihm zufallen. Freizeitprogramm: gemeinsam auf dem Sofa abhängen und

Glotze an. Klar mag ich das auch mal, aber doch nicht immer. Der Typ hat kaum Hobbys, kaum Interessen. Ich liebe ihn eigentlich immer noch, aber wenn er sich nicht schleunigst ändert, wird das nie mehr was mit uns.«

Die Worte fluteten mein Hirn, als wäre irgendwo eine Schleuse geöffnet worden. Der einfachste Weg ... Was war daran so schlecht? Außerdem hatte Sandra nicht recht: Ich hatte Interessen. Sie war mein Interesse. Das letzte Jahr hatte ich ausschließlich damit verbracht, Sandra genau kennenzulernen.

Ich wusste, wie man sie zum Lachen bringen konnte. Ich wusste, auf welche Musik sie stand. Ich war der Einzige, der kapierte, warum sie bei den Sissi-Filmen heulen musste.

Ich wusste, wo sie mit acht ihren Sommerurlaub verbracht hatte, und ich wusste, dass sie auf Eis mit heißen Himbeeren stand.

Ich kannte ihre Schuhgröße und ihre Lieblingsfarbe.

Ich war ein Experte in Sachen Sandra. Wie konnte sie behaupten, dass ich ein Langweiler ohne Interessen war?!

Ein Handy ging.

Vanessa pfiff durch die Zähne. »Bestimmt ist er das!«, sagte sie aufgeregt in Sandras Richtung.

»Wer? Mika?«, fragte Nadine verwirrt.

»Unsinn!« Sandra drückte auf den Knopf ihres Telefons. Durch das wenige Licht, das das Handy abgab, konnte man ihr Gesicht erkennen. Sie lächelte. Kein kopiertes Pink-Lächeln, sondern ein ehrliches Grinsen. So hatte sie mich manchmal angelächelt, als wir frisch verliebt gewesen waren. Der Zustand schien mir auf einmal eine Ewigkeit her.

»Hallo?« Sandra lauschte. »Ach, Florian! Du bist es. Woher hast du meine Nummer?« Ihre Stimme zitterte leicht, sie klang wie beschwipst. »Weißt du, momentan bin ich mit zwei Freundinnen in einem Café. Ich kann im Augenblick nicht so gut telefonieren.« Sie lauschte wieder, lachte glockenhell auf. Mein Magen zog sich zusammen. »Klar. Wir sprechen uns heute Abend noch mal.« Sie legte auf. »Das war er«, sagte sie, als wäre sie high. »Ist das nicht irre? Er hat meine Handynummer rausgekriegt!«

»Von wem sprecht ihr da bitte?« Nadine wirkte neugierig. Man hörte ein Klirren auf dem Boden. Irgendjemand am Tisch musste mit der Hand an ein Glas gestoßen sein.

»Mist!« Das war Nadine.

Vanessa schnappte gespielt nach Luft. »Du hast das internationale Blindendiplom in dieser Sekunde vermasselt!«

»Sehr witzig!« Nadine klang genervt. »Jetzt sag schon, Sandra. Wer war das? Werde ich überhaupt nicht mehr eingeweiht?«

»Das war Florian, der Typ, der im Waikiki-Club auflegt. Gestern sind wir uns zufällig im Kino begegnet. Jetzt will er sich für morgen mit mir verabreden. Da ist so eine Fete am Baggerloch. Er fragt, ob wir anschließend zelten wollen.«

Verzweifelt lehnte ich meinen Kopf an die Wand. Florian. So hieß der Neue. Sandra klang aufgedreht.

Die Lücke, die ich hinterlassen hatte, war also bereits gefüllt. Sandra dachte zwar darüber nach, zu mir zurückzukehren. Gleichzeitig sah sie sich auf dem Markt der einsamen Herzen um.

Neu, neu, neu.

Meine Kehle brannte.

Ich dachte an das kleine rote Zelt im Garten von Sandras Großeltern. Ich dachte an Sandras Gesicht über mir. Es war so schön gewesen, so anders, als ich es mir vorgestellt hatte. Unser gemeinsames Geheimnis, für beide das erste Mal. In dem Moment war einfach alles richtig gewesen.

»Nur mal so zur Info«, sagte Vanessa. »Sagtest du nicht, es hätte dich genervt, im Zelt mit einem Typen zu pennen? War da nicht was mit Ameiseninvasion und so?«

Nadine widersprach. »Sandra sagte bloß, dass es nicht ratsam ist, das erste Mal in einem Zelt zu haben. Mit diesem Florian ... also, das wäre ja dann quasi eine Wiederholung. Sex im Zelt, das ist doch schrecklich romantisch!«

Sandra hatte also auch das lang und breit mit ihren Freundinnen ausdiskutiert. Aus unserer gemeinsamen Liebesnacht war eine Anekdote über Ameisen geworden.

Ich drehte mich um und lief den Weg zurück, den ich gekommen war, tastete mich durch die Stuhlreihen nach vorne.

»Aua!« Ich war irgendjemandem auf den Fuß getreten.

»Sorry«, murmelte ich.

Die Luft kam mir auf einmal stickig vor. Hier unten fühlte ich mich wie in einem Gefängnis. Als ich die Ausgangstür erreicht hatte, stieß ich sie auf und flüchtete durch den Vorhang ins Freie.

Ich nahm immer drei Stufen auf einmal. Mein Atem ging schnell, mein Herz klopfte zum Zerspringen.

Nein, flüsterte es in mir. Nein, nein, nein!

Im Erdgeschoss blieb ich stehen. Links war die Ausgangstür, trotzdem drehte ich mich noch einmal nach rechts.

Da war der offene Kneipenraum vom Freak City, Tommek hockte mit angezogenen Beinen auf einem blinkenden Flipperautomaten, zwei Jungs mit Rastazöpfen saßen an einem Tisch und spielten Schach.

In der Mitte des Raumes stand ein Billardtisch.

Und darüber gebeugt ein Mädchen mit langen dunklen Locken.

Sie sah im gleichen Moment hoch, als ich ungläubig zu ihr hinüberschaute. Ihre Augen waren auffällig groß und grün. Fast wie der Amazonas.

Als sie das Diddl-Album in meiner Hand bemerkte, lächelte sie breit.

Ich lächelte verlegen zurück.

Am Ort meiner größten Niederlage hatte ich das fremde Mädchen gefunden.

5 Bevor ich kapierte, was ich überhaupt machte, lief ich direkt auf das Mädchen zu. Offensichtlich war ich da unten in dem dunklen Keller wahnsinnig geworden. Noch nie in meinem Leben hatte ich eine wildfremde Person einfach so angesprochen. In dieser Hinsicht gehörte ich zur schüchternen Sorte.

Sie lächelte immer noch.

»Hallo!«, sagte ich. »Ich bin Mika.«

Sie nickte und sah mich ein bisschen spöttisch an. Um ihre Augen spielten Lachfältchen. Sie war blass, aber auf eine hübsche Art. Mit ihren dunklen Locken sah sie fast so aus wie die Stoff-Cinderella, die Iris zu Weihnachten bekommen hatte. Aber sie war ungeschminkt und hatte etwas Ungezähmtes an sich. Augenblicklich fiel mir Ronja Räubertochter ein. Meine Mutter hatte mir das Buch früher mal vorgelesen.

Das Mädchen, das in den Wäldern lebt. Das eine Räuberbande anführt und mit den Kobolden spricht.

»Ronja«, murmelte ich. Ich hatte laut gedacht.

Aber sie reagierte überhaupt nicht auf die Peinlichkeit, sondern sah mich nur herausfordernd an. Als würde sie auf etwas warten. Eine Entschuldigung vielleicht?

Womöglich hatte sie sich ja doch einmal kurz umgedreht, vor drei Tagen, als Calimero, Basti und ich ihr hinterhergerannt waren. Vielleicht hatte sie mein Gesicht abgespeichert und wollte jetzt eine Erklärung von mir. Es war blöd gewesen, einfach hier reinzuspazieren.

Sie reichte mir den Queue. Ich hatte nur einmal in meinem Leben Billard gespielt. Zögernd nahm ich den Stab, setzte an und stieß die Kugel daneben.

Das lockige Mädchen wirkte konzentriert. Immer noch sagte sie kein Wort. Vielleicht war das ihre Art, mich für die Verfolgungsjagd zu bestrafen.

Sie nahm mir den Queue wieder ab, setzte an und versenkte die blaue Kugel im Loch.

»Stark!« Tommek entfernte sich von seinem Flipperautomaten und trat zu uns. Er hob bewundernd seinen Daumen hoch und strahlte das Mädchen an. Offenbar gefiel sie ihm auch, vielleicht kannten die beiden sich sogar besser.

Nach wie vor schwieg sie beharrlich.

Ich wünschte mir, sie würde endlich etwas sagen. Irgendwas.

Im Eingangsbereich waren Schritte zu hören. Eine Frau kam hereingesegelt. Sie trug eine Lederjacke und eine enge Jeans. In der Hand hielt sie einen rot bemalten Motorradhelm, auf dem ein Aufkleber mit einem sterbenden Soldaten klebte. »Krieg ist irgendwie doof«, stand darunter.

Ich musste lächeln.

»Hi Leute!« Sie winkte Tommek zu und warf ihren Helm auf einen Tisch. Dann trat sie hinter die Theke, als wäre der Laden ihrer, nahm sich Mineralwasser aus dem Regal und trank direkt aus der Flasche. »Süßer, lieber, fleißiger Tommek!« Sie kam zum Billardtisch herüber und knuffte ihn in die Seite. »Du schuldest mir noch die Anmeldelisten. Sind sie in deinem Chaos irgendwo aufgetaucht? Wie ich sehe, bist du ja mal wieder unglaublich beschäftigt.«

Tommek wurde rot. »Ich glaube, die Listen liegen in der Ablage im Büro«, murmelte er planlos. Schuldbewusst versenkte er die Hände in den Hosentaschen.

Die Frau verdrehte die Augen. Ihr Blick wanderte weiter und sie sah mich neugierig an.

»Und du bist ein Freund von Lea?«, fragte sie und zwinkerte dem Mädchen zu.

Lea. So hieß sie also. Ein Name, der nur aus drei Buchstaben bestand. Tommek sah nun ebenfalls in Leas Richtung.

Ich wusste nicht, was ich darauf antworten sollte.

»Also ...«, murmelte ich unsicher und senkte den Blick.

Und dann passierte etwas Seltsames. Die Frau hob ihre Hände und formte in rascher Folge ein paar Zeichen damit. All das geschah so schnell, dass ich überhaupt nicht kapierte, was da vor sich ging. Ihre Finger flogen nur so durch die Luft. Kurz deutete sie auf mich, sah dann aber weiter Lea an.

Ich beobachtete die beiden Frauen fasziniert.

Jetzt war Lea an der Reihe. Ihre Hände vollzogen das gleiche seltsame Spiel wie die ihrer Gesprächspartnerin. Sie sah mich ein wenig abfällig aus dem Augenwinkel an und verzog das Gesicht.

Keine Ahnung, was sie da sagte.

Gebärdensprache! Klar wusste ich, was das war. Ich hatte das mal in einer Talkshow im Fernsehen gesehen. Aber live und direkt neben mir?

»Ist sie ...« Ich fing an zu stottern und sah hilflos in Tommeks Richtung. »Ist sie taubstumm?«

Lea stemmte die Arme in die Seiten und sah mich herausfordernd an. Sie stampfte mit dem Fuß auf und ihre Augen funkelten. Dann machte sie eine langsame Geste. Ihr Zeigefinger berührte ihr Ohr und wanderte in einem Bogen hinunter zu ihrem Mund. Gehörlos, formten ihre Lippen. Sie sprach ohne Laute, aber so langsam, dass ich verstand, was sie sagte.

»Sie ist nicht taubstumm, sondern gehörlos«, übersetzte Tommek tatsächlich. »Und sie kann ein bisschen von den Lippen ablesen, wie du siehst. Übrigens ist so gut wie kein Gehörloser stumm, sie haben einfach keinen Bock zu sprechen.«

»Warum denn?« Verwirrt sah ich Tommek an.

»Negative Erfahrungen und so.« Tommek zuckte mit den Schultern. »Bei vielen Gehörlosen hört es sich ziemlich seltsam an, wenn sie reden. Irgendwie monoton. Oft werden sie nicht verstanden oder für doof gehalten. Wer hat darauf schon Lust?«

Auf einmal kapierte ich. Das Mädchen war gar nicht so abgebrüht, wie ich auf der Straße gedacht hatte, sondern sie hatte mich und meine Kumpels ganz einfach nicht gehört! Die Sprüche, die wir ihr nachgerufen hatten, waren überhaupt nicht bei ihr angekommen. Auch der Laster war für sie nur ein stummer Schatten gewesen. Schlagartig wurde mir alles klar!

Leas Gesicht hatte immer noch einen verschlossenen Ausdruck. Aber dann lächelte sie auf einmal wieder.

Ihre Hände flogen durch die Luft.

»Sie fragt, ob du im Dunkelcafé warst«, sagte die Frau neben mir. Etwas überrumpelt nickte ich.

Immer noch vollführten Leas Hände ihre erstaunlichen Bewegungen.

»Hat es dir gefallen?« Das war wieder die Frau. Offenbar hatte Lea sie gebeten zu übersetzen.

»Es war seltsam da unten«, sagte ich. Ich guckte die Frau an. »War Lea schon im Dunkelcafé?«

Lea zog eine Grimasse, ihre Hände machten eine abfällige Bewegung.

Die Frau übersetzte für sie.

»Sie sagt, da unten kriegt sie die Krise. Taub und blind zu sein, ist dann doch etwas too much.«

Ich fragte mich ehrlich, welche der vielen Handbewegungen das Wort »Krise« bedeutete. Ob es in der Gebärdensprache für jeden Begriff eine eigene Geste gab?

»Entschuldige, ich habe mich noch gar nicht richtig bei dir vorgestellt«, sagte die Frau plötzlich und streckte mir ihre Hand entgegen. »Mein Name ist Bine!«

Ich schüttelte ihr die Hand.

»Ich heiße Mika«, sagte ich. »Woher können Sie Gebärdensprache?«

Bine sah mich entsetzt an. »Junge, ich bin erst 35! Wenn du mich weiter siezt, fall ich augenblicklich in eine Depression und meine Cellulite verdreifacht sich!«

Sie lachte und übersetzte für Lea. Lea grinste.

35. Das war nur ein Jahr jünger als meine Mutter. Aber das sagte ich ihr besser nicht.

»Im Ernst. Du kannst Bine zu mir sagen. Meine Eltern sind beide gehörlos und so habe ich als Kind schon Gebärdensprache gelernt. Inzwischen arbeite ich nebenberuflich als Dolmetscherin für Gehörlose. Wenn jemand zum Arzt muss, auf ein Amt oder so, kann er mich dafür bestellen. Außerdem gebe ich Kurse für Gebärdensprache. Interesse, junger Mann?«

Sie zwinkerte mir zu. Gebärdensprache lernen! Wann und wozu?

In dem Moment entdeckte ich Sandra, Vanessa und Nadine im Flur. Sie waren wohl eben aus dem Dunkelcafé heraufgekommen und standen jetzt zu dritt da, ohne mich bemerkt zu haben. Schnell drehte ich mich wieder zu Bine um.

»Klar hätte ich Interesse«, log ich. Ich wusste selbst nicht, warum ich das tat. Im Moment war mir nur wichtig, dass das Gespräch im Fluss blieb. Bis Sandra uns entdeckt hatte. Sie konnte ruhig mitbekommen, dass mein Leben auch ohne sie weiterging.

»Ehrlich?!« Bine hatte die Augenbrauen hochgerissen. Ungläubig sah sie mich an. »Du hast wohl jemanden im Bekanntenkreis, mit dem du üben könntest?«

Ich nickte und deutete auf Lea. Sie war wirklich verdammt hübsch und es würde bestimmt interessant sein, sich mit ihr unterhalten zu können, so wie Bine es tat. Ohne jemanden, der ständig übersetzen musste.

Außerdem konnte Lea mir Worte in Gebärdensprache beibringen. Worte, die man bestimmt in keinem Kurs lernte. Doofer Sack. Lehrerfresse. Strebergesicht! Calimero, Basti und ich könnten eine Art Geheimsprache entwickeln! Uns auf dem Pausenhof in Gebärdensprache über Insider-Themen unterhalten, das wäre ziemlich stark.

Bine teilte Lea mit, was ich gesagt hatte.

Verdutzt deutete Lea mit ihrem Zeigefinger auf sich. Ihre Wangen wurden glühend rot. Bestimmt kam es nicht täglich vor, dass ein wildfremder Typ aus dem Nichts hereinschneite, der gleich anbot, ihre Sprache zu erlernen.

Wahrscheinlich gab es sowieso wenige Leute, mit denen sie sich problemlos unterhalten konnte. Ihre Familie natürlich. Aber sonst?!

Bestimmt dachte diese Lea jetzt, ich hätte mich Hals über Kopf in sie verliebt. Ich kam mir fies vor. Wenn Sandra nicht im

Türrahmen stehen würde, hätte ich diesen verrückten Vorschlag bestimmt nie gebracht.

»Das ist ja Wahnsinn!«, sagte Bine und zwinkerte mir schon wieder zu. Offenbar war das ein Tick von ihr. Diesmal war es allerdings ein vertrautes Zwinkern. »Lea hat es dir wohl echt angetan!«, sagte es.

Sie lag falsch. Klar interessierte mich Lea. Aber verliebt war ich in das blonde Mädchen an der Tür.

Für Sandra zog ich diese Show hier ab und nicht für Lea.

»Wenn Tommek die Listen endlich gefunden hat, trage ich dich gleich für einen Kurs ein.« Bine sprudelte richtig über vor Begeisterung.

»Die Listen!« Tommek fasste sich an den Kopf. »Jetzt weiß ich wieder, wo ich die abgeheftet habe. Bei den Rechnungen für das Sommerfest.«

Bine schüttelte den Kopf. »Da gehören sie echt nicht hin. Werd später bloß nie Steuerberater. Komm, wir gehen sie gemeinsam holen.«

Tommek und Bine verschwanden in Richtung einer schmalen Tür, auf der das Wort »Büro« klebte. Die Buchstaben waren schief angebracht, darunter stand mit Silberstift »Gähn!«. Bestimmt war das Tommeks Werk.

Endlich hatte Sandra mich entdeckt. »Mika?«, rief sie überrascht durch den Raum.

Erstaunt drehte ich mich zu ihr um. Auf keinen Fall durfte sie merken, dass ich sie erwartete.

»Ach, Sandra!«, sagte ich möglichst gleichgültig. »Hallo Vanessa, hi Nadine! Was macht ihr denn hier?«

Was macht ihr denn hier? So wie ich es sagte, klang es, als würde ich ständig hier abhängen. An einem Billardtisch mit einem hübschen Mädchen, das von Sandra gemustert wurde, als wäre es ein wildes Tier.

Sandra trat erstaunt auf mich zu. Sie drückte mir linkisch einen Kuss auf die Wange. Am liebsten hätte ich sie an mich gedrückt. Meine Hände begannen, unkontrolliert zu zittern. Verlegen verknotete ich sie ineinander. Hoffentlich hatte niemand es bemerkt!

»Schön, dich wieder mal zu sehen«, sagte Sandra. Sie sprach mit ihrer Weichspüler-Stimme, die sie eigentlich nur benutzte, um ihrem Vater eine Erlaubnis aus den Rippen zu leiern. Genau mit der gleichen Stimme hatte sie ihn nach Geld für ein Mofa gefragt. »Gerade haben wir von dir geredet«, sagte sie. »Wir waren da unten, im Dunkelcafé.«

»Ach ja. Da war ich auch schon. Irre Erfahrung, oder?«

Ich wunderte mich selbst, wie lässig ich klang. Als wäre ich super aufgeschlossen. Dunkelcafé, Freak City, ein Zivi mit rotem Haar. Dabei war das für mich eine völlig neue Welt.

Eine Welt, in der ich mich nicht im Geringsten zu Hause fühlte.

Sandra klappte ihren Mund auf. Dann klappte sie ihn wieder zu. In ihren Augen spiegelte sich Verwirrung. Die neue Sonnenbrille hatte sie sich ins Haar geschoben.

»Und wer ist das?«, fragte sie endlich und nickte Lea zu. Das Nicken war nicht gerade nett. Mädchen, die gut aussahen, be handelte Sandra immer, als wären sie ihr natürlicher Feind. Keine Ahnung, warum.

Lea nickte ebenfalls. Ihr Gesicht hatte einen neugierigen Ausdruck angenommen.

Rasch drehte ich Lea den Rücken zu. Sie konnte ein paar Worte von den Lippen lesen, O.K. Aber sie konnte nicht hören, deshalb war ich klar im Vorteil. »Das ist Lea, eine neue Freundin von mir«, behauptete ich leise. »Wir haben uns vor ein paar Tagen in der Stadt kennengelernt. Sie kann sich leider nicht selber vorstellen.« Ich drehte mich zu Lea um und lächelte sie an. »Sie ist gehörlos«, sagte ich und machte die Geste nach, die sie eben selbst gebraucht hatte. Langsam fuhr mein Finger von meinem Ohr hinunter zu meinem Mund.

»Verrückt!«, brach es aus Vanessa heraus. »Jetzt sag bloß, du kannst auch noch Gebärdensprache!«

»Quatsch«, sagte ich. »Nur ein paar Worte. Aber demnächst ist es wirklich so weit. Ich will mich für einen Kurs anmelden. Ist anstrengend, sich immer nur so bruchstückhaft zu unterhalten.«

Sandra wirkte auf einmal besänftigt. Sie sah Lea mitleidig an, als wäre sie ein angefahrenes Kätzchen.

Offenbar war Lea schlagartig keine Konkurrentin mehr. Jetzt, wo klar war, dass sie nichts hören konnte.

Vanessa und Nadine sagten gar nichts mehr. Es hatte ihnen wortwörtlich die Sprache verschlagen.

Die Bürotür sprang auf und Bine kam auf mich zugesteuert. Unter ihrem Arm klemmten ein paar Blätter.

»Ich könnte dir einen Platz in der Dienstagsgruppe anbieten. Jeden Dienstag von sechs bis acht. Oder natürlich der Intensivkurs in den Sommerferien. Der ist eigentlich für Studierende der Sonderpädagogik gedacht, aber wenn du willst, organisiere ich dir dort einen Platz. Montag bis Freitag, jeweils drei Stunden am Nachmittag. Der Kurs beginnt am letzten Schultag und dauert die gesamten Ferien.«

Ich nickte. »Soll doch möglichst schnell gehen«, sagte ich. »Wenn du mich in den Intensivkurs nimmst, wäre das spitze.«

Innerlich jubilierte ich. Bei dem Wort Sonderpädagogik war Sandra auffällig blass geworden. Ich kannte sie zu gut: Es war unfassbar für sie, dass ihr langweiliger Exfreund in seiner Freizeit mit leibhaftigen Studenten verkehrte.

»Du bist echt eine interessante Nummer!«, sagte Bine und zwinkerte mir schon wieder zu. »Mit deiner Motivation lernst du bestimmt ganz schnell!«

Sie sah auf ihre Uhr. »Leute, ich muss los. Habe einen Termin in der Werkstatt gegenüber. Irgendwas stimmt mit dem Vergaser nicht. Mika, schreib deine Telefonnummer da hin, dann rufe ich dich an wegen der genauen Termine.«

Ich kritzelte meine Handynummer neben meinen Namen und gab Bine den Anmeldebogen zurück.

Jetzt war ich also offiziell angemeldet. Für einen Gebärdensprachkurs. Wenn Calimero und Basti das mitbekamen, würden sie mich einweisen lassen, so viel stand fest.

Bine winkte uns zu und verschwand nach draußen. Den Helm vergaß sie auf dem Tisch. Er lag da und brachte ein Stück Freiheit in das düstere Freak City.

»Und du lernst echt Gebärdensprache?«, wiederholte Vanessa dumpf. Ihre Augen waren mit blauem Kajal umrandet. Mir war nie aufgefallen, wie wenig ihr das stand.

»Klar«, sagte ich. »Die Sommerferien sind doch eh immer so lang. Ich möchte schließlich was Sinnvolles machen. Nicht bloß abhängen. Eine neue Sprache lernen ist doch interessant.«

»Vielleicht mache ich auch irgendeinen Kurs«, sagte Nadine schnell. »Aquarell oder so. Es wird ja immer was angeboten.«

»Stimmt«, sagte ich, als wüsste ich über Ferienkurse bestens Bescheid. Meine bisherigen Sommerferien hatte ich immer im Freibad verbracht.

Mein Handy summte.

Ich klappte es auf und warf einen kurzen Blick darauf. Eine SMS war eingetroffen. Sie bestand nur aus drei Befehlen: »Diddl, Arielle, die Meerjungfrau oder Prinzessin Lillifee!«

»Ich muss los!«, sagte ich und klappte das Handy eine Spur zu geschäftig zu. »Bin gleich noch mit einer Bekannten verabredet.«

Ich nickte Sandra, Vanessa und Nadine zu, ging um den Billardtisch herum und umarmte Lea wie selbstverständlich. Ich hatte so was noch nie gemacht, einen völlig unbekannten Menschen ungefragt zu berühren. Ich merkte, wie sich Lea unter meiner Umarmung verkrampfte. Eigentlich war das richtig unfair, was ich hier tat.

Verlegen nickte ich ihr zu, sagte »Tschüss zusammen!«, drehte mich weg und machte mich überstürzt in Richtung Tür davon.

Ein Geräusch ließ mich noch einmal haltmachen. Ein harter Schlag, der mich reflexhaft herumfahren ließ. Es hörte sich an, als würde jemand mit Betonklötzen durch die Gegend werfen.

Lea hielt die blaue Billardkugel in der Hand und schlug damit auf den Tisch. Offenbar wusste sie sich zu helfen, auch ohne Gehör.

Als ich in ihre Richtung sah, hielt sie das Diddl-Album in die Höhe.

Schnell ging ich zurück und klemmte es mir unter den Arm.

In dem Moment passierte es. Keiner von den anderen konnte es sehen. Lea ließ ihre linke Hand zittern. Genau so, wie meine Hand gezittert hatte, als Sandra mich eben begrüßt und ich für einen Moment die Kontrolle über mich verloren hatte.

Dabei warf Lea mir einen Blick zu, der mir verriet, dass sie durchaus kapierte, was hier lief. Obwohl sie nichts von dem Gespräch mitbekommen hatte.

Sie hörte auf mit dem übertriebenen Zittern ihrer Hand.

Ich wurde rot. Lea lächelte spöttisch.

»Diddl ist süß«, sagte Vanessa tonlos, die nichts von dem kleinen Zwischenspiel mitbekommen hatte.

»Ist für meine Schwester«, murmelte ich.

Als ich draußen war, schnappte ich nach Luft. Was für ein genialer Auftritt!

Sandras ungläubiger Blick! Ich und dieses hübsche fremde Mädchen!

Am Ende des Parks angekommen lachte ich vor Freude auf. So laut, dass ein Schwarm Spatzen in die Luft flog und irgendwo zwischen den Häuserschluchten verschwand.

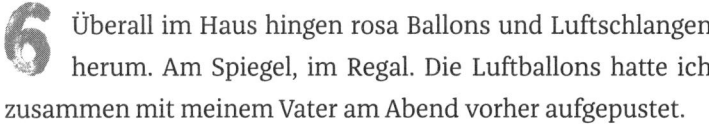 Überall im Haus hingen rosa Ballons und Luftschlangen herum. Am Spiegel, im Regal. Die Luftballons hatte ich zusammen mit meinem Vater am Abend vorher aufgepustet.

Iris lief mit kritischem Blick durch die Zimmer.

»Der da drüben hängt schief«, sagte sie vorwurfsvoll.

»Luftballons können nicht schief hängen«, antwortete ich. »Sie hängen einfach. Da gibt es kein gerade oder schief!«

»Aber der da hängt schöner!« Sie deutete auf den Ballon daneben. Irgendwie hatte sie recht. Ich zupfte an dem Geschenkband herum, mit dem wir die Ballons befestigt hatten.

Iris war schon wieder abgedüst, um draußen nach dem Rechten zu sehen.

»Die gepunkteten Servietten und nicht die weißen!«, blaffte sie unseren Vater an, der auf der Terrasse mit unserer Mutter den Tisch deckte.

Vier Freundinnen aus Iris' Schule wollten kommen. Außerdem Oma und Tante Vera. Jutta, die beste Freundin meiner Mutter, hatte sich ebenfalls angekündigt. Sie war die Taufpatin von Iris und bei fast allen Familienfesten dabei.

Wenn ich nur an Jutta dachte, bekam ich einen Kloß im Hals.

Es klingelte.

»Tante Vera!« Meine Schwester fiel unserer einzigen Tante um den Hals. Vera schnaufte. Sie wohnte bei Oma drüben im ersten Stock. Aber der Gang zu uns hatte sie ganz schön viel Puste gekostet.

Nach und nach trudelten die anderen Gäste ein.

Als es gegen halb vier ein letztes Mal klingelte, wusste ich, dass es nur Jutta sein konnte.

Mama sah mich seltsam an. »Machst du mal auf?«, fragte sie, als könnte sie nicht selbst zur Tür gehen.

Ich seufzte. Ich hatte keine Lust auf Jutta und hatte sie auch seit Ewigkeiten nicht mehr gesehen.

Genervt schlurfte ich in den Flur und schob die Tür auf.

Jutta stand beladen mit viel zu vielen Geschenken draußen. Es waren mindestens drei große Pakete und obenauf lag eine Riesentüte Gummibärchen. Neben Jutta stand mit lässig eingeknickter Hüfte: Sandra. Keine Ahnung, von wem sie diese Haltung abgeguckt hatte. Bestimmt in irgendeinem Musikvideo gesehen.

»Überraschung!«, sagte Sandra und stellte sich endlich wieder normal hin.

Irgendwie war ich gar nicht sonderlich überrascht bei ihrem Anblick. Vielleicht hatte ich es schon geahnt. Keine Ahnung. Seit unserer Begegnung im Freak City hatte ich sowieso ununterbrochen an sie gedacht. Es war, als hätten meine Gedanken einfach nur Gestalt angenommen.

»Mama hat mich überredet mitzukommen!«, sagte Sandra ohne eine weitere Erklärung und zwängte sich an Jutta vorbei in den Flur.

»Sandra!«, ich konnte meine Schwester hinter mir jubeln hören.

Jutta sah mich schuldbewusst an. Ich zuckte mit den Schultern.

Jutta konnte ja nichts dafür, dass sie Sandras Mutter war. Und sie konnte nichts dafür, dass Sandra mit mir Schluss gemacht hatte.

Genauso wenig, wie ich etwas dafür konnte, dass meine Exfreundin ausgerechnet die Tochter der besten Freundin meiner Mutter war!

»Hi Jutta«, sagte ich und umarmte sie unbeholfen.

Sie strich mir über das Gesicht. »Bestimmt wird alles bald wieder gut«, flüsterte sie, als wolle sie sich für Sandras Benehmen entschuldigen.

Mama hatte Jutta vor acht Jahren bei einer Thermomix-Veranstaltung kennengelernt. Seitdem waren die beiden unzertrennlich. Aber erst vor einem Jahr hatte ich wirklich registriert, dass Jutta eine Tochter hatte. Sie brachte Sandra zu unserem jährlichen Sommerfest mit und da war es dann passiert.

Liebe auf den ersten Blick.

Sandra und ich hatten uns irgendwann verdrückt und im Wohnzimmer *Titanic* angesehen. An der romantischsten Stelle hatte Sandra nach meiner Hand gefasst.

Mann, waren wir jung gewesen damals. 15!

Vergangenen Sommer hatte Sandra noch langes Haar gehabt und war blass und unscheinbar gewesen. Sie hatte sich ganz schön verändert in dieser Zeit.

»Du siehst gut aus«, log Jutta und hängte ihre Jacke am Bügel auf. »Sandra spinnt sich schon wieder aus. Sie vermisst dich. Das weiß ich ganz genau. Ihr passt doch super zusammen!«

Ich dachte an Florian, mit dem Sandra heute Abend am Baggerloch zelten wollte. Ob Jutta eingeweiht war?

Ob Jutta wusste, dass Sandra und ich miteinander geschlafen hatten? Wahrscheinlich nicht. Jutta und sie verstanden sich zwar gut, hatten aber kein besonders vertrautes Verhältnis.

Wir gingen zu den anderen auf die Terrasse hinaus.

Sandra stand mit Iris vor dem Geschenketisch und kommentierte alles ausführlich.

»Das Stickeralbum ist cool!«, sagte sie. »So was hatte ich auch früher. Aber das war bei Weitem nicht so schön. Wenn du willst, kann ich dir Aufkleber dafür organisieren.«

Meine Mutter hatte fleckige Wangen. Sie sah schuldbewusst zwischen mir und Sandra hin und her. Offenbar war die Sache abgesprochen.

»Schön, dich mal wieder hierzuhaben!«, sagte sie zu Sandra.

Jutta lächelte. »Sandra hat sich riesig gefreut, als sie erfahren hat, dass Iris sie bei ihrer Geburtstagsfeier dabeihaben wollte!«, betonte sie.

»Wasser Marsch!« Mein Vater warf den Gartenschlauch ins Planschbecken und Iris und ihre Freundinnen rannten kreischend in Richtung Wasser davon.

Tante Vera quetschte sich zwischen meinen Vater und meine Großmutter. Sowohl mein Vater als auch Tante Vera waren richtige Riesen. Nur in ihren Proportionen unterschieden sie sich. Mein Vater war athletisch und schlank. Tante Vera hingegen rundlich und träge. Seit ihrer Scheidung hatte sie irgendeine Essstörung entwickelt und stopfte wahllos alles in sich hinein. Nach außen hin behauptete sie immer, auf Diät zu sein.

»Darf ich für euch die Torte anschneiden?«, fragte sie und nahm das Messer in die Hand.

»Klar.« Meine Mutter rückte Jutta den Stuhl zurecht. »Mika und Sandra, ihr zwei wollt bestimmt nebeneinandersitzen?«

Ich antwortete gar nichts darauf.

»Klar sitzen wir nebeneinander!«, sagte Sandra kumpelhaft. Sie lächelte mich an und rückte ihren Stuhl so nah an meinen, dass unsere Beine sich berührten.

»Habt ihr euch wieder vertragen?«, fragte Tante Vera mit sauertöpfischem Gesicht.

»Nein«, sagte ich.

»Logo«, sagte Sandra. »Wir hatten nie Streit. Wir sind immer noch beste Freunde. Wir sind nur kein Paar mehr. Ansonsten ist alles so, wie es war.«

»Ach so.« Tante Vera sah uns unzufrieden an. Mit Onkel Karl hatte sie überhaupt keinen Kontakt mehr. Stattdessen machte sie jetzt eine Therapie und erzählte überall herum, dass die Zeit mit ihm verlorene Jahre gewesen waren.

War das Jahr mit Sandra verlorene Zeit gewesen?

»Wenn man noch so jung ist, ist das alles eh halb so schlimm«, stellte Tante Vera fest und klatschte mir ein Stück Torte auf den Teller. »Beziehungen sind da noch nicht richtig ernst. Da steckt man eine Trennung eher weg. Ist doch so, oder?«

»Stimmt«, sagte Sandra.

Leck mich doch, dachte ich.

»Lasst es euch schmecken«, sagte Tante Vera und sah sehnsüchtig unsere Tortenstücke an. »Ihr könnt es euch leisten. Ich mache zurzeit eine Diät.«

»Du Arme!«, sagte Jutta. »So viel Disziplin ist bewundernswert! Kommst du nie in Versuchung?«

»Vera hat einen eisernen Willen«, sagte meine Mutter schnell und sah ihre Schwägerin freundlich an. »Kalorientabelle, Fettwerte, das ganze Programm.«

»Und, wie läuft's im Büro?« Tante Vera drehte sich verlegen von meiner Mutter weg und sah Jutta an. Ich wusste, dass sie Jutta nicht leiden konnte. Sie hatte es bei irgendeinem Abendessen überdeutlich gesagt.

Jutta hob die Schultern an. »Geht so. Mir fehlt ehrlich gesagt ein Ausgleich. Etwas Sport. Den ganzen Tag vor dem Computer, das macht auf Dauer krank.«

Beim Wort »Sport« fing Tante Vera schuldbewusst an, ihre Apfelsine zu schälen. Sie hatte ständig irgendwelches Obst dabei. Und eine Flasche Mineralwasser aus dem Bioladen, an der sie unablässig nippte.

Ich musste an das Dunkelcafé denken. Es war seltsam gewesen, einen Kuchen zu essen, ohne eine Ahnung davon zu haben, wie er aussah.

Wenn ich blind wäre, würde es mir immer so gehen. Ich würde jetzt nur dasitzen und gar nichts sehen.

Nicht Tante Vera, die an ihrer Apfelsine herumkaute, als wäre sie aus Styropor.

Nicht meinen Vater, der gelangweilt auf seine Armbanduhr schielte. Er hasste Familienfeste. Am liebsten war er draußen unterwegs.

Nicht Sandra, die nur wenige Zentimeter neben mir saß, in ihrem Shakira-T-Shirt, ihrer alten Lieblingsjeans und mit dem Fußkettchen, das sie von mir zu unserem Jahrestag bekommen hatte.

Ich würde sie alle nur hören.

Und wenn ich gehörlos wäre? So wie Lea?

Dann würde ich jetzt gar nichts von den Gesprächen mitbekommen. Ich würde dasitzen, meinen Kuchen essen und mir zusammenfantasieren, um was es ging.

»Du kannst mal Sven zum Klettern begleiten!«, schlug Mama Jutta vor. »Er sucht immer verzweifelt nach Kletterpartnern. Früher ist ja immer Mika mit ihm gegangen. Das war schön. So richtige Vater-Sohn-Unternehmungen. Aber seit Mika in der Pubertät ist ...« Sie bemerkte meinen genervten Blick und hörte auf mit ihrem Gejammer.

Das Thema Klettern war ein ewiger Streitpunkt zwischen uns. Wir waren uns deswegen schon tausendmal in die Haare geraten.

»Ich habe ja auf Sport auch gar keine Lust«, fuhr meine Mutter fort. »Aber wenn du was machen willst, kann Sven dich ja gelegentlich mitnehmen. In die Kletterhalle. Oder auch in die Berge. Wolltest du nicht nächstes Wochenende wieder los?« Meine Mutter sah meinen Vater bittend an.

Mein Vater schreckte aus seinen Tagträumen hoch. »Klar«, murmelte er. »Jutta, bist du schon mal geklettert?«

Jutta schüttelte den Kopf.

»Victoria soll ja übrigens diesen Fitness-Trainer heiraten!«, meine Mutter gluckste. »Restling oder Wrestling heißt der Kerl.«

»Von wem sprichst du?« Meine Tante sah meine Mutter abfällig an. »Victoria von Schweden. Die Kronprinzessin. Die aktuelle Gala schreibt davon.«

Meine Mutter kannte sich mit den europäischen Königshäusern besser aus als in ihrer eigenen Familie. Neben der Gala hatte sie auch noch zwei andere Klatschblätter abonniert.

»Und, was macht der Gebärdenkurs?«, fragte Sandra.

Schlagartig verstummten alle Gespräche. Sandra balancierte ihre Kuchengabel zwischen den Fingern und sah mich herausfordernd an.

Hastig hob ich meine Tasse. »Beginnt demnächst«, sagte ich. Es nervte mich, dass alle am Tisch die Frage mitbekommen hatten.

Sandra rückte noch näher an mich heran. Unsere Knie waren aneinandergepresst, ich fragte mich ehrlich, was das sollte.

»Ein was?«, fragte mein Vater, als hätte er sich verhört. Auch meine Mutter wirkte irritiert.

»Ach, ich mache so einen Gebärdensprachkurs«, sagte ich eine Spur zu hastig. Ich wollte das Thema möglichst schnell wieder unter den Tisch fallen lassen. Schlimm genug, dass ich mich überhaupt angemeldet hatte. Wenn jetzt alle in meiner Familie Bescheid wussten, kam ich aus der Geschichte nie wieder raus.

»G-e-b-ä-r-d-e-n-s-p-r-a-c-h-k-u-r-s?«, wiederholte mein Vater, als wäre ich übergeschnappt.

Ich nippte an meinem Kaffee. Er war zu heiß und ich verbrannte mir die Lippe.

»Das ist die Sprache der Taubstummen«, sagte Sandra, als wäre mein Vater schwer von Begriff.

»Sie sind nicht stumm«, widersprach ich und kam mir albern vor. »Sie können sprechen. Nur hört es sich eben ungewohnt an.«

Ich wich dem Blick meines Vaters aus.

»Wer sind Sie, junger Mann?«, fragte meine Mutter erschrocken in meine Richtung. »Was haben Sie mit meinem Sohn Mika gemacht?«

Jutta lachte los und Sandra fiel prustend mit ein. Ich fand das alles gar nicht witzig. Ich lernte eine neue Sprache, na und? Jeder tat so, als wäre es völlig lächerlich, dass ich zur Abwechslung mal etwas Sinnvolles machte.

»Also, noch mal zum Mitschreiben ...« Der Gesichtsausdruck meines Vaters wechselte in Sekundenschnelle zwischen Verwirrung und Belustigung hin und her. »Du lernst also Gebärdensprache? Keiner von uns ist taub! Mit wem willst du dich unterhalten? Mit der schwerhörigen Thuja-Hecke?«

Keiner von euch ist gehörlos, dachte ich. Aber zum Glück gibt es ja noch ein paar mehr Menschen da draußen.

»Eigentlich ist das ja eine gute Idee!«, sagte meine Mutter beschwichtigend. »Vielleicht kann man das später mal brauchen. Im Beruf. Fremdsprachen können nie schaden.«

»Das ist keine Sprache, sondern ein Notsystem aus Zeichen«, fiel mein Vater ihr ins Wort. Ich wunderte mich, wieso er sich so in das Thema hineinsteigerte. Das ganze letzte Halbjahr hatte er sich darüber aufgeregt, dass ich nur in meinem Zimmer abhing und so wenig machte. Jetzt tat ich was und es war ihm wieder nicht recht.

Sandra sah mich nachdenklich an. Sie hatte inzwischen kapiert, dass ich zu Hause nichts von Lea erzählt hatte. Ich hatte es auch gar nicht vor. Meine Eltern mussten nicht alles wissen.

»Gut«, sagte mein Vater. »Jetzt weiß ich wenigstens, warum du in den Sommerferien keine Zeit für die Höhlenwanderung hast.« Beleidigt rührte er in seinem Kaffee herum. Der Gebärdensprachkurs hatte sich zwischen uns gedrängt.

Schon im Januar hatte er mir von der Höhlenwanderung vorgeschwärmt. Zwei Wochen in Frankreich, Höhlen erforschen mit einem bekannten Abenteuerteam. Ich hatte mir die Entscheidung ewig offengelassen und gestern Abend endgültig abgesagt. Nicht wegen dem Kurs. Seit einiger Zeit hatte ich immer wieder Probleme mit meinem Vater. Zwei Wochen in einer Höhle mit ihm waren momentan unvorstellbar für mich.

»Die jungen Leute machen Sachen!« Tante Vera hatte ihre Apfelsine endlich hinuntergewürgt. Spätestens nach dem Abräumen würde sie heimlich ein riesiges Stück Torte für sich einpacken und zu Hause vor dem Fernseher essen. So war es immer, jeder wusste es, aber keiner sprach es aus.

»Nicht nur junge Leute interessiert das«, berichtigte ich. »Meine Lehrerin Bine ist in Mamas Alter.«

»Bine, aha. Es gibt also auch noch richtige Lehrerinnen dafür? Wie ich sehe, bist du perfekt informiert.« Papa war aufgestanden. »Es ehrt uns ja, dass unser Sohn uns einweiht in seine Freizeitaktivitäten.«

Er verschwand nach drinnen und schaltete demonstrativ die Glotze ein.

»Ein Cousin von mir war auch gehörlos.« Es war der erste Satz, den meine Großmutter im Lauf des Nachmittags sprach.

»Wirklich?«

Sie nickte. »Mittelohrentzündung als Baby. Er war stocktaub. Man konnte sich überhaupt nicht mit ihm unterhalten.«

»Dann kannst du ein bisschen Gebärdensprache?«

Sie sah mich belustigt an. »Unsinn. Wo hätten wir das damals lernen sollen? Er hat es auch nicht gelernt. Wir sind irgendwie so zurechtgekommen. Mit Händen und Füßen eben. Für meinen Cousin war das O. K. Er war generell nicht der Allerhellste.«

»Gehörlose sollen ja recht verbitterte Menschen sein«, schaltete sich Jutta ein. »Sie haben so viele Frusterlebnisse. Blinde sind viel dankbarer, wenn man sich mit ihnen beschäftigt. Aber Taube? Die möchten eher unter sich bleiben, zumindest habe ich das schon oft genug gehört.«

Ich dachte an Lea. Sie hatte überhaupt nicht den Eindruck gemacht, als wollte sie keine Kontakte knüpfen. Im Gegenteil.

»Ich geh in mein Zimmer«, sagte ich.

Sandra stand wie selbstverständlich mit auf. »Ich gehe mit«, sagte sie.

Unsere Mütter warfen sich erfreute Blicke zu.

Mein Herz machte einen verzweifelten Sprung, während ich in mein Zimmer lief, Sandra dicht hinter mir. Sie roch nach dem Parfüm, das ich so sehr mochte. Das Fußkettchen klimperte hell, eine vertraute Melodie.

»Ich dachte, du hättest das längst überstrichen«, sagte sie, als sie das Graffiti an meiner Zimmerwand sah.

Verlegen sah ich zu Boden.

»Was ist das für eine Geschichte mit dir und diesem tauben Mädchen?« Sandra sah mich neugierig an.

»Gar nichts«, sagte ich rasch. »Wir kennen uns eben, das ist alles.«

»Sie ist hübsch«, sagte Sandra. Sie war noch einen Schritt nähergekommen. »Wenn sie nicht behindert wäre, wäre ich richtig eifersüchtig auf sie.«

Als behindert hatte ich Lea bislang eigentlich gar nicht wahrgenommen.

Außerdem: Warum war Sandra eifersüchtig, wenn sie mich gleichzeitig loswerden wollte? Aus Frauen wurde ich echt nicht schlau.

»Nadine meint, wir sollten es noch mal versuchen.« Sie lehnte sich an mich und umarmte mich.

»Nadine?«, fragte ich enttäuscht.

»Na ja. Ich denke das in gewisser Weise auch!«

Sandras Kopf lag schwer auf meiner Schulter, ihre Arme umfassten mich. Ich konnte ihre Brüste deutlich an meinem Körper spüren.

Wieder musste ich an das rote Zelt denken. Sandras schnellen, warmen Atem. Wie konnte sie mir das alles antun, nach einer solchen Nacht?

»Kriegst du eine Erektion?« Sandra kicherte.

Ich ließ sie los und trat ertappt einen Schritt von ihr weg. Bestimmt würde sie ihren Freundinnen davon erzählen. Zu der Anekdote über die Ameiseninvasion war eine Anekdote über einen Steifen gekommen.

»Willst du es denn noch mal versuchen?«

Ich sah Sandra sehnsüchtig an. Ich wollte mit ihr schlafen. Jetzt sofort. Mir war egal, dass meine halbe Familie unten auf der Terrasse saß und darauf wartete, dass wir zurückkommen würden.

Ich war kein Kind mehr. Es war Zeit, dass sie das endlich mal kapierten.

Sandras Handy ging. Eine SMS war eingetroffen.

»Vielleicht ...« Sie wirkte auf einmal abweisend. Ihr Blick wanderte zu meinem Wecker auf dem Nachttisch. Es war viertel nach fünf.

Mir fiel die Baggerlochparty wieder ein. Um halb sieben sollte die Fete beginnen.

»Ich brauche noch Zeit zum Überlegen. Eine Pause. Aber sobald ich es weiß, sag ich dir Bescheid.« Sandra lächelte mich unverbindlich an. »Aber jetzt muss ich los. Wollte mit den Mädels auf eine Party.«

Ich dachte an Florian. Bestimmt baute er in ebendieser Sekunde das Zelt für sie auf. Sie hatte ihn mit keiner Silbe erwähnt.

»Mach keinen Unsinn!«, sagte sie scherzhaft zu mir. »Wir telefonieren demnächst mal, in Ordnung?«

Dann ging sie aus meinem Zimmer. Ich atmete tief ein. Ihr Parfüm füllte meine Lungen. Einen Moment wurde mir schwindelig.

7 »Alter, du siehst echt scheiße aus!« Calimero fing mich am Schultor ab und schlug mir hart auf die Schulter. »Warum bist du nicht zur Fete am Baggerloch gekommen? Sandra war da! Ich hab sie für dich die ganze Zeit beobachtet. Du schuldest mir was. Sie ist immer noch unberührt, wenn du verstehst, was ich meine.«

Calimero schob seine weiße Mütze ins Gesicht. Ich hatte ihn seit Jahren nicht mehr ohne gesehen. Selbst im Unterricht behielt er sie auf. Soweit ich das überblicken konnte, war er der einzige Typ an der Schule, dem man das durchgehen ließ.

»Hatte keine Lust«, sagte ich. Es lag mir auf der Zunge, nach Florian zu fragen, aber Calimero kam mir zuvor.

»Sandra war stinkwütend«, verriet er mir. »Offenbar war sie mit diesem Florian, dem DJ aus dem Waikiki, verabredet. Als er kam, war er allerdings schon hackedicht. Seine Jungs haben sich vorher im Park ein Wettsaufen gegeben. Florian hat gewonnen, dafür sind seine restlichen viereinhalb Gehirnzellen hin.«

Wir lachten. Unsere neue Lehrerin stiefelte an uns vorbei. Sie war Mathe-Referendarin und hieß bei uns allen nur Black Widow. Sie sah aus, als würde sie täglich Männer zum Frühstück verspeisen.

Calimero seufzte. »Warum nur steht Sex mit Minderjährigen unter Strafe?«

Ich tippte mir an die Stirn. »Selbst wenn es legal wäre, hättest du keine Chance bei Black Widow. Such dir ein Mädchen in deinem Alter.«

Ich musste an Lea denken. Sie war in meinem Alter. Bislang hatte ich weder Calimero noch Basti von ihr erzählt.

»Was war jetzt mit Sandra und Florian?« Ich konnte meine Neugierde doch nicht zügeln.

Wir gingen ins Klassenzimmer, wo Black Widow eine Ableitung an die Tafel kritzelte. Ihr Hintern zeichnete sich durch den Rock ab, ihr Zopf wippte bei jeder Bewegung.

»Der Kerl konnte sich nicht mal auf den Beinen halten«, flüsterte Calimero. »Er hat sich auf irgendeine Luftmatratze geworfen und ist gleich weggepennt. Sandra hat ihm voll eine verpasst. Kinnhaken oder so. Wusste gar nicht, dass sie so eine starke Rechte hat. Aber der Kerl war so hinüber, der hat das nicht mal gerafft.«

Innerlich applaudierte ich. Der Typ war ein Arsch, endlich hatte Sandra es begriffen.

Basti schlurfte mit müdem Gesicht in das Klassenzimmer. Als er Black Widow sah, hellten sich seine Züge auf.

»Cama redonda«, flüsterte Calimero und schob seine Mütze noch weiter über seine Augen.

»Was bedeutet das?«

»So was wie Gruppensex«, sagte Calimero. »Auf Spanisch.«

Mir wurde heiß. Im selben Moment hatte ich das Gleiche gedacht. Hörte das irgendwann auch mal wieder auf? Dachte mein Vater auch ständig an Sex, wenn er irgendwelche Frauen sah?

Ich dachte an Tante Vera, an Jutta, meine Mutter.

Ganz sicher nicht.

Mein Vater war alt. Er dachte ans Klettern. Kein Wunder, dass wir uns nicht mehr verstanden in letzter Zeit.

Ich kaute nachdenklich auf meinem Bleistift herum.

»Meine Mutter will dich übrigens mal wieder sehen!«, fiel Calimero ein. »Sie fragt ständig nach dir. Ich glaube, du bist ihr heimlicher Liebling!«

Calimeros Mutter war eine klasse Frau. Sie war Spanierin und hatte tatsächlich ihr Herz an mich verloren. Ich war viel höflicher und netter zu ihr als Calimero. Sie hatte mir mal gesagt, dass ich wie ein Sohn für sie sei.

»Ich schau in nächster Zeit mal bei euch vorbei«, sagte ich.

»Ehrlich?« Calimero nickte. »Vielleicht am Freitag, nach den Zeugnissen. Was hast du überhaupt in den Ferien vor?«

Ich wurde rot. Irgendwann musste ich das mit dem Gebärdensprachkurs sagen. Aber jetzt war nicht der richtige Zeitpunkt dafür.

»Bitte schlagt eure Mathebücher auf Seite 132 auf!« Black Widow hatte ihr strenges Gesicht aufgesetzt.

»Ob sie privat auch immer die Domina spielt?« Calimero grinste.

Was Lea wohl gerade machte? Ging sie auch zur Schule, so wie ich? Gab es eine Schule für Gehörlose?

Black Widow ... bestimmt gab es dafür keinen Ausdruck in der Gebärdensprache. Irgendwie musste Gehörlosigkeit echt frustrierend sein!

»Hörst du schlecht?« Black Widow funkelte mich wütend an. »Du hast das ganze Schuljahr in Mathe geträumt. Jetzt reiß dich wenigstens am Jahresende zusammen und berechne diese Ableitung für uns!«

»Cama redonda!«, zischte Calimero mir zu.

»Vorsagen gilt nicht!« Vorwurfsvoll sah Black Widow uns an.

Ich stand mit wackeligen Beinen auf und ging zur Tafel.

• • •

»Was machst du jetzt? Basti und ich wollen zu Foto Meyer, der hat gestern die Auslage umdekoriert.«

Meyer war ein Fotograf in der Nähe der Schule. Er war bekannt für seine erotischen Bilder. Zweimal schon hatten wir im Schaufenster Fotos von älteren Schulkolleginnen entdeckt.

»Hab was anderes vor.« Ich sah ertappt weg. In der Pause hatte ich den spontanen Entschluss gefasst, noch mal ins Freak City zu gehen. Vielleicht war Lea ja dort. Aus irgendwelchen unerklärlichen Gründen wollte ich sie unbedingt wiedersehen.

»Du hast doch nicht etwa irgendwas am Laufen? Eine neue Freundin, die du uns vorenthältst?« Calimero sah mich misstrauisch an.

»Quatsch!« Ich schüttelte den Kopf. Seit der ersten Klasse waren wir beste Kumpels. Vor Calimero hatte ich nie Geheimnisse gehabt.

Nur von meiner Nacht mit Sandra hatte ich ihm nichts erzählt. Calimero hatte ein Dauerabo als Ehrenjungfrau, meine Neuigkeit hätte ihn nur unnötig deprimiert.

»Leute, Black Widow hat mir einen Verweis verpasst!«

Basti stieß atemlos zu uns. Er hatte eine Zigarette im Mundwinkel hängen und zündete sie sich demonstrativ vor dem Schultor an.

»Echt? Weswegen denn?«

»Sie hat rausgefunden, dass meine letzte Krankschreibung von mir selbst unterschrieben war. Sie meinte, wenn ich das noch einmal mache, kriegt sie mich wegen Urkundenfälschung dran.«

Mit Black Widow war ehrlich nicht zu spaßen.

»Mika dreht irgendein Ding, das er uns nicht verraten will!« Calimero sah mich immer noch voller Sorge an. »Irgendwas ist doch mit dir. Du wirkst so komisch. Bist du seit Neuestem schwul?«

Über Schwule machten Calimero und Basti hin und wieder bescheuerte Witze.

»Unsinn!« Ohne es verhindern zu können, wurde ich knallrot. Bestimmt dachte Calimero, er hätte den Nagel auf den Kopf getroffen.

Wissend wechselten Basti und er einen Blick.

»Ich mag dich, ob schwul oder nicht!«, sagte Basti großzügig und blies mir den Rauch ins Gesicht.

»Ich auch!«, beteuerte Calimero. »Auch wenn ich selbst erwiesenermaßen hetero bin. Aber lass dir bitte keinen Schnauzbart wachsen, sonst werde ich am Ende vielleicht doch noch schwach.«

»Ich muss jetzt los!«, sagte ich. Die Jungs machten mich echt fertig. »Wenn ihr jemand Hübsches in der Auslage seht, fotografiert sie mit dem Handy für mich.«

»Klar!« Basti hakte sich bei Calimero ein. »Komm, Schatz, wir gehen.«

»Sehr witzig!« Ich drehte mich genervt um und ging in die andere Richtung davon.

Ich hätte es den beiden gleich erzählen sollen. Es war blöd, so ein Geheimnis aus der ganzen Geschichte zu machen. Die Sache unnötig aufzublasen. Noch war ja gar nichts passiert. Und wahrscheinlich würde auch gar nichts weiter geschehen.

Ich hatte das Mädchen entdeckt, dem wir gemeinsam durch die Straßen gefolgt waren. Na und? Es war absolut nichts Besonderes an der Story.

Die zwei hatten es ja selbst gesagt: Es war ihnen egal, was ich so machte. Mit wem ich rumhing, ging sie nichts an.

Basti und Calimero waren Spinner. Aber sie waren tolerante Spinner.

Ich dachte an Lea und begriff nicht, warum ich trotzdem solche Hemmungen hatte, von ihr zu erzählen.

Ob es an ihrer Gehörlosigkeit lag? Bestimmt war das meinen Kumpels reichlich egal. Lea sah gut aus, alles andere war zweitrangig.

Vielleicht fanden sie es auch ganz cool, dass Lea nichts hören konnte. Wenn wir uns mal alle zusammen trafen, konnten wir weiter unsere blöden Sprüche über Black Widow reißen und mussten nicht Angst haben, dass Lea mir gleich im Anschluss den Laufpass gab.

Ein Treffen ... Irgendwie konnte ich mir gar nicht vorstellen, wie ausgerechnet Lea auf meine zwei besten Freunde traf. Diese beiden Welten schienen nicht gerade zusammenzupassen.

Die U-Bahn hielt an und ich fuhr in Richtung Stadtmitte. Dann lief ich den gleichen Weg, den ich letzten Donnerstag hinter den Mädchen hergeschlichen war. Diesmal brauchte ich mich wenigstens nicht zu verstecken.

Der Park war heute voller Menschen. Sie lagen überall auf Picknickdecken herum und reckten sich der Sonne entgegen.

Das Freak City aber sah geschlossen aus.

Als ich enttäuscht am Türknauf rüttelte, bemerkte ich, dass ich mich geirrt hatte. Es hatte doch auf, innen war einfach nur wenig los. Eine junge Frau im Rollstuhl saß an einem der Tische. Tommek stand an der Theke und blätterte in einem Kinomagazin.

»Hi!«, sagte er überrascht. »Du bist wiedergekommen!«
Verlegen nickte ich. Ich schüttelte Tommek die Hand.

»Kann ich einen Apfelsaft haben?«

»Klar!« Tommek schob sein Heft zur Seite und schenkte mir ein Glas ein. Er musterte mich lauernd. »Warum bist du hier? Es ist geniales Wetter draußen. Du solltest mit deinen Freunden im Freibad sein.«

»Ist Lea hier?« Ich beschloss, gleich mit der Tür ins Haus zu fallen.

Tommeks Augenbrauen zogen sich zusammen. Er sah fast ein wenig eifersüchtig aus.

»Noch nicht.« Er warf einen Blick auf die Uhr. »Sie kommt immer gegen halb zwei und isst hier zu Mittag. Irgendwie hat sich das im Lauf der Zeit so eingespielt. Wenn du willst, kannst du hier auf sie warten.«

Ich ging mit meinem Apfelsaft zum Flipperautomaten hinüber und warf eine Münze ein. Das Gerät begann sofort, wild zu blinken.

Schuss. Daneben.

Schuss. Daneben.

Schuss. Daneben.

Was machte ich hier überhaupt?

Ich wartete auf ein Mädchen, mit dem ich mich nicht mal halbwegs unterhalten konnte.

Mein Handy ging. Eine Foto-SMS von Calimero war eingetroffen.

Ich klickte sie an.

Die Jungs hatten ein Bild von einem älteren Paar abfotografiert. Das Foto hing in einem goldenen Rahmen in Meyers Fenster. Die Frau trug ein durchsichtiges Nachthemd. Der Mann einen engen Slip mit Tigerprint. Sie sahen in ihren komischen Fummeln zum Davonrennen aus. Ob sie das Bild etwa in ihr Schlafzimmer hängten?

Ein Wunder, dass die Scheidungsrate in Deutschland nicht noch mehr durch die Decke ging.

Ich verdrehte die Augen und schob das Foto in den virtuellen Papierkorb, wo es augenblicklich verschwand.

Meine Hand griff nach dem Hebel des Flipperautomaten.

Schuss – Versenkt!

Im Hintergrund hörte ich Geräusche. Schritte. Zwei Leute betraten den Raum. Irgendetwas sagte mir, dass es Lea war.

Panik überkam mich. Ich starrte wie hypnotisiert auf die blinkenden Symbole des Flipperautomaten und traute mich nicht, mich umzudrehen.

»Zwei Cola!«, klang es vom Tresen herüber. »Zwei Mittagessen für Lea und mich.« Die Stimme hörte sich seltsam an. Monoton, als würde ein Roboter sprechen. Die Neugierde siegte und ich drehte mich um.

Am Tresen standen Lea und ein anderes Mädchen. Leas Freundin hatte kurzes Haar, trug ein Piercing in der Braue und eine grellblaue Adidas-Jacke.

Tommek nickte und deutete auf einen freien Tisch.

Das also hatte Tommek damit gemeint. Natürlich konnten Gehörlose sprechen, aber irgendwie hörte es sich seltsam an.

Lea hatte die ganze Zeit über eisern geschwiegen.

Als sie zum Tisch gingen, entdeckte Lea mich am Flipperautomaten. Unsicher lächelte ich ihr zu.

Lea stieß ihre kurzhaarige Freundin an und die beiden begannen ein Gespräch in Gebärdensprache.

Die Hände flogen nur so durch die Luft und die zwei Mädchen sahen unablässig zu mir herüber. Es ging ganz klar um mich, trotzdem konnte ich kein einziges Wort verstehen.

Das Mädchen mit den kurzen Haaren lachte. Sie lachte laut auf, ihr Lachen klang im Gegensatz zu ihrer Stimme völlig normal.

»Süß!«, sagte sie dann irgendwann laut, als könnte Lea sie verstehen. Sie tippte sich dabei ans Kinn, dann setzten sich die beiden hin.

Süß. Was hatte sie damit gemeint? War es dabei etwa um mich gegangen?

»Willst du dich zu den Mädchen setzen? Es gibt Nudeln mit Tomatensoße. Keine Panik, nicht von mir gekocht.« Tommek grinste mich breit an. Wenn er wirklich auf Lea stand, war er ein großzügiger Verlierer.

Dankbar lächelte ich zurück. Ich hatte noch acht Euro in der Tasche, das würde reichen.

»Klar. Meinst du, die beiden haben was dagegen?«

»Frag sie!«, sagte Tommek und ging in Richtung Teeküche davon. Man hörte einen Dosenöffner. Tommek fluchte leise.

Der Kerl war echt lustig. Sich zu zwei Mädchen setzen, die nicht ein Wort von dem verstanden, was ich sprach!

Ich griff nach meinem Glas und nahm all meinen Mut zusammen. Dann ging ich direkt auf den besetzten Tisch zu und zeigte auf den leeren Stuhl neben Lea.

Die Mädchen sahen sich an. Die Kurzhaarige kicherte.

Lea kicherte nicht. Sie warf mir einen abschätzigen Blick zu und nickte schließlich gnädig. Gleichzeitig machte sie mit der rechten Hand eine kurze Gebärde. Sie hatte den Daumen und den kleinen Finger abgespreizt. Offenbar war das die Handbewegung für »Ja«.

»Ja« konnte ich jetzt also schon mal verstehen.

»Ja« und »süß«.

Welche Sätze konnte man mit diesen beiden Worten bilden?

Sind Sie ein Idiot?

Ja.

Machen Sie sich gerade zum Deppen?

Ja.

Was ist das Gegenteil von sauer?

Süß.

Auf einmal war ich frustriert. Ich saß hier. Und ich war ungefähr sieben Millionen Lichtjahre entfernt von einem normalen Gespräch mit Lea.

»Ich bin Franzi!«, sagte Leas Schulfreundin plötzlich in ihrer eintönigen Stimme. Sie zeigte auf sich und machte mit beiden Händen eine flatternde Gebärde. Dann zeigte sie auf Lea. »Das ist Lea!« Ihre Hände fuhren irgendwo in Höhe ihrer Stirn durch die Luft.

Ich verstand nur Bahnhof.

Tommek kam an den Tisch zurück und stellte zwei Colaflaschen vor die Mädchen.

»Ist doch ganz easy!«, sagte er, als er mein verzweifeltes Gesicht bemerkte. »Franzi hat dir eben ihre Namensgebärde gezeigt!«

»Namensgebärde?« Fragend sah ich Tommek an. »Was soll das sein?«

Tommek zuckte mit den Schultern. »Na ja. Wenn wir Hörenden uns unterhalten, nennen wir doch auch unsere Namen.

Aber für Gehörlose ist es ein bisschen schwierig. Sie müssten dann immer den Namen buchstabieren, oder? Also geben sie sich Gebärdennamen. Sie suchen sich eine kurze Handbewegung aus, die für eine Person steht. Dann können sie sich auch leichter über gemeinsame Bekannte unterhalten.«

Was Tommek da erzählte, erstaunte mich. Ich sah die beiden Mädchen neugierig an.

»Franzi!«, sagte Franzi langsam. Ihre Hände wiederholten die flatternde Bewegung. »Lea!« Ihr Zeigefinger tippte kurz an die Stirn.

»Die Namensgebärde für Franzi ist das Zeichen für Schmetterling!«, erklärte Tommek geduldig. »Sie hat in ihrer Kindheit Schmetterlinge gesammelt. Man konnte sie damals noch auf Flohmärkten kaufen. Hinter Glas aufgespießt. Inzwischen ist Franzi Naturschützerin und würde niemals mehr so eine Schmetterlingssammlung kaufen. Aber die Gebärde ist ihr geblieben. Irgendwie ist das ja auch ganz schön.«

Ich nickte verdutzt. »Und Lea?«

»Leas Gebärde bedeutet Klugheit. Lea ist ein ziemliches Ass in der Schule. Sie beherrscht zum Beispiel die Rechtschreibung perfekt, was für Gehörlose oft problematisch ist. Und sie ist clever, das wirst du früher oder später auch noch bemerken.«

Ich dachte an den Moment zurück, als sie ihre Hand hatte zittern lassen. Wahrscheinlich war es das, was Tommek mit clever meinte. Der Typ hatte verdammt recht.

»Und jeder Gehörlose hat so einen Gebärdennamen?«, fragte ich perplex.

Tommek nickte. »Nicht nur jeder Gehörlose. Die Gehörlosen geben auch jedem Hörenden einen Gebärdennamen. Schließlich wollen sie sich ja auch über Hörende unterhalten. Mir hat

Lea den Gebärdennamen für ›rotes Haar‹ verpasst!« Er tippte sich mit dem Zeigefinger zweimal gegen die Lippe und fuhr sich danach durch das Haar. Eigentlich logisch! Vielleicht war Gebärdensprache doch nicht so schwierig.

»Jeder Politiker, Superstar oder Sportler hat einen Gebärdennamen!« Tommek runzelte die Stirn. »Wie war noch mal der Gebärdenname für Angela Merkel? Mir fällt er einfach nicht mehr ein!«

Gespannt sah ich Franzi an.

»Angela Merkel«, wiederholte Tommek langsam. Franzis Blick war auf Tommeks Gesicht geheftet. Offenbar las sie ihm von den Lippen ab!

Auch Lea hatte sofort kapiert, was Tommek wollte.

Mit der flachen Hand zeichnete sie ihre Mundwinkel nach, die auf einmal bedrohlich weit nach unten zeigten.

Ich musste lachen. Heruntergezogene Mundwinkel! Dieser Gebärdenname für die Bundeskanzlerin war ganz schön gemein. Aber es stimmte ja, Angela Merkel wirkte gelegentlich ziemlich frustriert.

»Meistens nimmt man irgendeine optische oder charakterliche Auffälligkeit, um einen Gebärdennamen daraus zu machen!«, erklärte Tommek. »Die Gehörlosen sind da manchmal wirklich ziemlich gnadenlos. Wenn du übermäßig dick bist, verpassen sie dir die Gebärde ›Fetter Typ‹, wenn du hervorstehende Zähne hast, heißt du im nächsten Moment ›Hasenzahn‹. Aber sie finden das gar nicht unhöflich. Es ist einfach wichtig für sie, genau zu wissen, wovon sie sprechen. Gebärdensprache ist viel direkter als alle anderen Sprachen auf der Welt. Man nennt die Dinge viel klarer beim Namen. So zumindest sehe ich das!«

»Hast du auch einen Gebärdensprachkurs gemacht?«, wollte ich von Tommek wissen.

Tommek hielt den Kopf schräg. Er sah auf einmal entmutigt aus. Das Superman-T-Shirt trug er heute nicht. Dafür ein zerschlissenes altes Hemd mit gelber Krawatte. »Ich wollte mal. Hab drei, vier Stunden Bines Kurs besucht. Aber das ist mir dann einfach zu viel geworden. Den ganzen Tag über der Job hier im Freak City! Dann bin ich noch Mitglied in einem Film-Club und muss mich ständig um meinen dementen Großvater kümmern. Und dann auch noch die Unterrichtsstunden am Abend! All die vielen Wörter und die komplizierte Grammatik. Ich hab es wieder aufgegeben. Leider! Aber ein paar Sachen kann ich noch.«

Er sah Lea an. Spätestens jetzt war endgültig klar, dass Tommek wegen Lea mit dem Gebärdensprachkurs begonnen hatte.

»Die Mikrowelle!«, sagte er plötzlich. »Ich sollte das Essen endlich warm machen, sonst verhungert ihr hier!«

Er verschwand in der angrenzenden Teeküche und ich konnte ihn herumwerkeln hören.

Was Tommek gesagt hatte, beunruhigte mich. Grammatik? Ich hatte mir noch gar keine Gedanken darüber gemacht, dass die Gebärdensprache vermutlich eine eigene Grammatik hatte. Das war mir schon im Englisch- und im Französischunterricht unheimlich schwergefallen. Vergangenheitsformen, wörtliche Rede, der Konjunktiv. Mir wurde auf einmal bewusst, auf was ich mich da eingelassen hatte.

Schlagartig verließ mich wieder der Mut. Ich würde bei Bine anrufen und mich von der Anmeldeliste streichen lassen. Es hatte ja doch keinen Sinn. Die Sache war einfach viel zu kompliziert.

Selbst wenn ich irgendwann ein paar Sätze in Gebärdensprache herausbrachte ... wer sagte mir, dass Lea überhaupt Interesse an einer Bekanntschaft mit mir hatte?

Die zwei Mädchen hatten wieder begonnen zu gebärden. Sie schienen bester Laune zu sein. Schlag auf Schlag wechselten sie die Themen.

Etwas verloren beobachtete ich sie dabei.

Lea hatte ihre wilden Locken heute zusammengebunden. Das stand ihr, sie sah echt prima aus. Im Gegensatz zu Sandra war sie kaum geschminkt. Nur an den Augenlidern hatte sie ein wenig Glitzer.

Glitzer ... ob meine Schwester sich mit Lea anfreunden könnte? Iris, die so unendlich auf Sandra stand! Die jedes Mal einen Luftsprung machte, wenn Sandra die Türschwelle überschritt.

Für Iris wäre die Situation viel zu kompliziert. Sie würde sich nie mit Lea unterhalten können.

Ich konnte ihr trotziges Gesicht bildhaft vor mir sehen: »Ich will aber Sandra zurück!«

Das wollte ich ja eigentlich auch. Trotzdem hatte Lea es mir angetan ...

Immer noch starrte ich die beiden Mädchen an. Während Lea mit ihren Händen sprach, vollzog sich in ihrem Gesicht eine erstaunliche Wandlung. Sie schien jedes Wort zusätzlich mit den Augen zu unterstreichen. Manchmal zog sie beinahe empört die Stirn in Falten – manche Wörter formte sie lautlos mit den Lippen nach. Es wirkte fast so, als würde ihre Mimik zu der Sprache dazugehören!

Irgendwann lächelte sie und strich sich über das Kinn.

Das Zeichen für süß! Ich hatte es sofort wiedererkannt.

»Süß!«, sagte ich langsam. Lea nickte mir zu und grinste. Schlagartig kehrte mein Mut zurück.

Tommek kam mit drei Tellern voller Nudeln aus der Teeküche. »Lecker Dosenfraß!«, sagte er und ging zum Tresen zurück. Die zwei Mädchen klopften auf den Tisch. Offenbar war das irgendein Zeichen. Franzi lächelte und sagte laut: »Guten Appetit!«

Gestresst schaufelte ich das Essen in mich hinein.

Ich fühlte mich auf einmal unbehaglich, am Tisch mit Lea und Franzi. Mit zwei Mädchen, die sich permanent unterhielten, ohne dass ich im Geringsten mitbekam, worum es ging.

Auch Lea und Franzi hatten angefangen zu essen. Jetzt war es nicht mehr möglich, zu gebärden.

Schweigend aßen sie ihre Mahlzeit, den Blick auf die Teller gesenkt.

Jetzt, da die beiden aufgehört hatten, sich zu unterhalten, fühlte ich mich nur noch komischer.

Wenn ich mit meinen Kumpels zusammen aß, gingen die Gespräche trotzdem unentwegt weiter. Man unterhielt sich eben über das Essen hinweg. Mit vollem Mund. Das war alles möglich.

Für Gehörlose war das aber offenbar ein Problem. Sie konnten reden oder essen. Beides zusammen war schwierig.

Ich schlang mein Essen stumpf in mich hinein.

Das Schweigen fiel mir auf einmal auf. Diese Ruhe an unserem Tisch. Als hätte es uns allen die Sprache verschlagen!

Die Stille strengte mich unheimlich an.

Ich fing an zu schwitzen. Auf einmal wollte ich nur noch hier raus.

Ich war froh, als ich mit den Nudeln fertig war.

»Zahlen!«, sagte ich verstört. Tommek kam mit einer schäbigen braunen Geldbörse zu mir.

»So eilig auf einmal?« Er legte einen Block auf den Tisch und schrieb die beiden Posten untereinander. Apfelsaft. Nudeln. Ein dicker Strich darunter.

»Mit Getränk macht das vier Euro fünfzig«, sagte Tommek und reichte mir den Beleg.

Ich schob ihm die Münzen hin.

»Ich pack's dann mal!«, sagte ich und stand viel zu hastig auf.

Franzi sah mich begriffsstutzig an. »Ich pack's dann mal!«, das hatte sie bestimmt nicht von den Lippen lesen können. Ich hätte langsam sprechen müssen und ohne Dialekt.

»Ich gehe!«, wiederholte ich langsam und kam mir dämlich vor.

Jetzt hatte ich die beiden Mädchen überrumpelt, sie sahen mich unsicher an.

Da griff Lea plötzlich nach Tommeks Block.

Sie kritzelte etwas darauf, riss die Seite ab und reichte sie mir.

Eine Handynummer und eine E-Mail-Adresse.

Ihre Handynummer, ihre E-Mail-Adresse. Ganz bestimmt.

Mir stieg die Röte ins Gesicht.

Tommeks Miene versteinerte sich. Sein Blick war auf den Zettel gefallen und schraubte sich daran fest. Er war doch kein so guter Verlierer, wie ich gedacht hatte.

Verlegen ließ ich den Zettel in meiner Tasche verschwinden.

Franzi zog die Augenbrauen nach oben. Sie biss sich auf die Lippe, als wolle sie sich einen Kommentar verkneifen. Ihre Hände lagen auffällig ruhig auf dem Tisch.

Spätestens wenn ich draußen war, würde sie Lea mit einer Flut von Fragen bombardieren!

Fluchtartig verließ ich das Lokal.

Der Zettel brannte ein Loch in meine Tasche.

Draußen empfing mich die Großstadt.

Autos, Fahrradklingeln und Hundegebell.

Es war ein Schwall von Tönen, der mich empfing wie einen alten Bekannten.

Nie hätte ich gedacht, wie beruhigend Lärm sein konnte.

Die Beklemmung verschwand schlagartig. Meine alte Lässigkeit kehrte zurück.

Ich wusste ehrlich nicht, ob ich mich bei Lea melden würde.

8 »Also, Kumpel, mach es gut! Ich reich dich weiter! Der Vermisste ist eben wieder zurückgekehrt!«

Ich hatte noch nicht mal die Haustür hinter mir zugezogen. Im Flur stand mein Vater und streckte mir den Hörer entgegen.

Kumpel. Ich hasste es echt, wenn mein Vater das machte. Wenn er so tat, als wäre er selbst ein Jugendlicher und ständig gut gelaunt.

Widerwillig griff ich nach dem Hörer und mein Vater verschwand pfeifend in der Küche. »Hi, Calimero!«

»Dein Dad ist einfach stark!«, fiel Calimero prompt auf die Einschleimversuche meines Vaters herein. »Er hat mich gefragt, was mal wieder mit Klettern ist. Nur wir drei, wie in guten alten Zeiten!«

Früher war Calimero manchmal mit in der Kletterhalle gewesen.

»Keine Zeit im Moment«, murmelte ich so leise, dass mein Vater es unmöglich hören konnte.

»Keine Zeit oder keinen Bock?«, nervte Calimero. »Mann, Mika. Dein Alter ist cooler als du. Man kann nicht seine Jugend im Zimmer verbringen und darauf warten, dass was Aufregendes passiert!«

Calimero hatte gut reden. Er war es doch, der die ganze Zeit vor seinen Computerspielen hockte. Außerdem machte ich ja was. Ich war im Freak City gewesen und danach in der Stadtbücherei. Ich hatte nach Büchern zum Thema Gehörlosigkeit recherchiert. Groß war die Auswahl nicht gewesen, ein paar Romane hatte ich entdeckt. Aber das brauchte ich meinem besten Freund nicht auf die Nase zu binden. Ausgerechnet ich in einer Bücherei! Das wäre für Calimero ungefähr so abgefahren, als wäre ich heimlicher Vorstand des olympischen Komitees.

»Du trauerst Sandra viel zu sehr nach!«, stellte Calimero fest. »Such dir mal wieder ein anderes Mädchen. Es springen genügend gut aussehende Tussis rum. Du musst wegen Sandra nicht die potentesten Jahre deines Lebens verplempern.«

Ich kramte den Zettel aus meiner Hosentasche. Leas Handynummer. Ihre E-Mail-Adresse.

Calimero hatte es auf den Punkt gebracht. Es war dämlich, zu warten, bis Sandra sich endlich entschieden hatte. Es konnte nicht schaden, die Fühler in der Zwischenzeit ebenfalls anderweitig auszustrecken. Ich würde mich bei Lea melden. Und den Kurs würde ich auch besuchen. Schon allein, weil ich mich nicht traute, bei Bine abzusagen. Sie hatte mir die Kursdaten vor einer Stunde per SMS zugeschickt.

»Ich habe da so ein Mädchen kennengelernt«, nuschelte ich möglichst beiläufig in den Hörer. Die Tür zur Küche war nur angelehnt, ich versuchte, noch leiser zu sprechen.

Calimero gab ein keuchendes Geräusch von sich, als wäre er ein erstickender Aal. »Wusste ich es doch! Mensch, Alter, ich kenn dich einfach wie einen Bruder. Ich hab genau gespürt, dass da irgendwas läuft. Ist sie wesentlich älter als du?«

Ich runzelte die Stirn. »Wieso älter? Wie kommst du darauf?«

»Weil du so ein Geheimnis daraus machst! Entweder ist sie potthässlich oder alt und verheiratet. Sonst hättest du mich und Basti doch längst eingeweiht.«

Calimeros Logik war einfach schwer zu durchblicken.

»Sie ist berühmt und will nicht, dass die Klatschpresse davon erfährt, dass sie mit mir zusammen ist«, antwortete ich.

»Echt?« Calimero flippte fast aus. »Wer ist es? Sag schon, ich behalte es garantiert für mich! Eine von diesen Fußballerfrauen? Ich habe in irgendeiner Zeitschrift gelesen, dass die oft sexuell völlig vernachlässigt sind.«

»Quatsch.« Schon bereute ich, von Lea angefangen zu haben. »Das war ein Witz. Sie ist absolut nicht berühmt, sondern völliger Durchschnitt. Etwa so alt wie ich. Und sie ist nicht potthässlich, sondern sieht eigentlich ganz gut aus. Ich glaube, dir könnte sie auch gefallen.«

Ich wurde nervös. Warum redete ich eigentlich dauernd um den heißen Brei herum? Ich musste es Calimero endlich gestehen.

Er hatte mich Bruder genannt. So schlimm würde es schon nicht werden.

»Kannst du dich an das Mädchen erinnern, dem wir nachgelaufen sind? Vor exakt einer Woche?«

Schweigen am anderen Ende der Leitung. Ich hörte Calimeros Gedanken regelrecht arbeiten.

Er sah nicht schlecht aus und war ein witziger Typ. Aber was Frauen betraf, hatte er einfach kein gutes Händchen.

Erst war er ewig in Ellen verknallt gewesen, aber Basti hatte sie ihm direkt vor der Nase weggeschnappt. Ein anderes Mädchen, Anke, das er monatelang vergöttert hatte, hatte sich als lesbisch geoutet und hing jetzt nur noch mit einer Gruppe älterer Mädchen herum. Wahrscheinlich war das der eigentliche Grund, warum Calimero ständig über Schwule lachte. Die Sache mit Anke hatte ihm schwer zugesetzt.

In Sandra war Calimero damals auch verliebt gewesen, das hatte Basti mir irgendwann mal in betrunkenem Zustand gesteckt.

Und jetzt verpasste ich Calimero den nächsten Dämpfer: Ich hatte heimlich Lea getroffen, die optisch voll Calimeros Typ entsprach.

Wilde Locken, ein stolzer, aufrechter Gang. Augen, die an den Amazonas erinnerten. Das schlechte Gewissen nagte an mir.

Bruder. Bruder. Kain und Abel waren ein gutes Beispiel dafür, dass so was auch schnell in die Hose gehen konnte.

»Glückwunsch, Alter!« Calimero schluckte trocken. Man hörte ihm an, dass ihm zum Heulen zumute war. »Die Weiber scheinen echt auf dich abzufahren. Wenn mir nächstes Mal eine gefällt, werde ich es dir garantiert nicht sagen.«

»Es läuft eigentlich gar nichts«, beeilte ich mich zu sagen. »Ich habe sie nur zufällig getroffen, in der Stadt. Wir haben uns ein bisschen unterhalten ...«

»Schon klar. Du, ich muss los.« Calimero war auf einmal kurz angebunden.

»Du bist doch nicht sauer, oder?« Das lief ja prima. Calimero hasste mich und ich war noch nicht einmal dazu gekommen, das wichtigste Detail zu erwähnen. Dass Lea gehörlos war.

»Meine Mutter plant dich übrigens am Freitag fest zum Mittagessen ein. Bring deine kleine Freundin am besten gleich mit. Mama kocht eh wieder für sieben.«

»Sie ist nicht meine kleine Freundin!« Ich bemühte mich, nicht allzu genervt zu klingen.

»Egal. Denk an mich, Mann, wenn du mit ihr rummachst. Es war meine Braut, ich hoffe, das ist dir jede beschissene Sekunde klar.«

Calimero hatte das Gespräch beendet, ohne sich zu verabschieden.

Ich starrte das Telefon an. Es war einfach lächerlich. Bis zum jetzigen Zeitpunkt war ich noch nicht einmal fähig, mit Lea einen normalen Satz zu wechseln. Mit ihr rumzumachen, war ein Stadium, das in unerreichbarer Ferne lag.

Schon wieder wurde mir deutlich bewusst, wie kompliziert diese ganze Geschichte in Wirklichkeit war.

Wäre Lea ein normales Mädchen, hätte ich mich vermutlich längst richtig mit ihr verabredet.

Und wahrscheinlich hätte ich bereits heute vorsorglich Kondome eingekauft.

Aber Lea war anders. An Sex hatte ich bislang gar nicht gedacht.

Warum eigentlich nicht?

»Stress?« Mein Vater kam mit umgebundener Schürze aus der Küche. Er hielt ein Fleischermesser in der Hand und deutete damit auf mich, als wollte er mich filetieren.

Ich schüttelte den Kopf. Ich konnte meinem Vater wohl kaum erzählen, dass ich dabei war, meinem besten Kumpel ein Mädchen auszuspannen. Genauso wenig konnte ich ihm verraten, dass ich darüber nachgrübelte, ob man mit einem Mädchen, mit dem man nicht einmal über das Wetter sprechen konnte, trotzdem irgendwann auch mal im Bett landen würde.

Ich fasste es nicht, dass mir der Gedanke bislang gar nicht gekommen war.

Beim Anblick von Frauen dachte ich doch sonst immer nur an das Eine. Warum ging es mir mit Lea nicht so?

Wahrscheinlich lag es an Sandra. Sie war einfach immer noch zu sehr in meinem Kopf.

»Wo ist Mama?«, wechselte ich rasch das Thema.

Mein Vater wirkte enttäuscht. Bestimmt hatte er sich ein Gespräch unter Männern gewünscht. Vater und Sohn gemeinsam bei einer Flasche Bier auf der Terrasse.

»Mit Jutta unterwegs.« Mein Vater war jetzt genauso kurz angebunden wie Calimero.

Egal, was ich zurzeit machte. Ich machte es einfach falsch.

»Was für Bücher schleppst du da überhaupt an?« Mein Vater deutete auf die prall gefüllte Tüte.

»Für die Schule«, log ich. Ich schwindelte so schlecht, dass es mir selbst peinlich war. Natürlich durchschaute mein Vater mich sofort. Enttäuscht sah er mich an. Dann ging er zurück in die Küche.

• • •

0-1-5-1- Ich schaltete das Handy wieder aus. Ich hatte schon dreimal angesetzt, die SMS zu verschicken. Aber irgendwie traute ich mich einfach nicht.

»Freitagabend Lust auf Kino?«

Wieder fing ich an, Leas Nummer einzutippen.

Mein Handy vibrierte. Eine SMS von Sandra war eingetroffen. Ausgerechnet jetzt!

»Noch wach?«

»Ja«, antwortete ich. Keine zwei Minuten später klingelte mein Telefon.

»Ich kann nicht schlafen«, seufzte sie in den Hörer. Es war nachts um eins. Um sieben würde mein Wecker klingeln.

»Ich bin auch noch hellwach«, sagte ich. Neben meinem Kopfkissen lag die Biografie einer gehörlosen Schauspielerin. Emmanuelle Laborit. Ihr hübsches Gesicht war auf dem Cover abgebildet. In ihrer Jugend hatte sie ziemlich viel Mist gebaut. Drogen genommen, U-Bahn gesurft, geklaut. Später war sie eine erfolgreiche Schauspielerin geworden. Sie hatte die Hauptrolle in einem deutschen Kinofilm über Gehörlose bekommen. *Jenseits der Stille*. Der Film hatte jede Menge Preise abgesahnt. Ich würde ihn mir mit Lea ansehen, wenn ich dazu Zeit hatte!

»Denkst du noch daran?« Sandra flüsterte in den Hörer.

»An was?« Ich legte das Buch zur Seite und verkroch mich unter der Decke. Ich hatte keine Lust, dass meine Eltern mitbekamen, dass ich mitten in der Nacht Krisentelefonate führte.

»Na, an uns!«, sagte Sandra. »Eigentlich waren wir doch ein super Team.«

Ich spürte, wie sich mein Herzschlag beschleunigte. Ich konnte nicht anders. Wenn ich Sandras Stimme hörte, passierte das immer.

»Hast du es dir überlegt?«, fragte ich kurzatmig. Sie brachte mich einfach völlig aus dem Takt.

Wenn sie mir jetzt sagte, dass wieder alles in Ordnung war, würde ich sofort Leas Telefonnummer löschen. Ich würde nie wieder ins Freak City gehen und Bine eine kurze Nachricht zukommen lassen, dass ich es mir mit dem Kurs anders überlegt hatte.

Bestimmt würden sie alle sauer auf mich sein. Aber das war mir egal. Sandra war für mich immer noch das Wichtigste.

»Noch nicht«, sagte sie. »Lass mir noch Zeit. Bis nach den Ferien.«

Warum, verdammt noch mal, brauchte sie so lange, um sich zu entscheiden? Bis zum Ende der Ferien war es ewig hin.

»Ich muss jetzt Schluss machen«, sagte ich gekränkt.

»Na gut.« Sandra klang ebenfalls beleidigt.

Ich legte auf und tippte auf »Senden«. Die SMS an Lea verließ mein Zimmer und kam in der gleichen Sekunde bei ihr an.

Wo wohnte Lea überhaupt? Ich hatte keine Ahnung.

Eine Zeit lang wartete ich noch auf eine Antwort. Aber es war mitten in der Nacht. Sie würde die SMS erst am nächsten Morgen bemerken.

9 »¡Hola hijo! ¡Hola, mi amor! ¿Has adelgazado?« Calimeros Mutter sah mich sorgenvoll an. Ich mochte sie wirklich, auch wenn ich nie verstand, was sie sprach.

»Was hat sie gesagt?« Ich wechselte einen Blick mit Calimero.

»Sie hat dir einen Heiratsantrag gemacht«, sagte Calimero achselzuckend und grinste. Zum Glück war er nicht nachtragend. Die Sache mit Lea hatte er unter den Teppich gekehrt und seit unserem Telefonat nicht mehr angesprochen.

Jetzt war der letzte Schultag und lange sonnige Wochen lagen vor uns.

Calimeros Mutter schob mich in ihre vollgestopfte Küche. Überall standen Töpfe, Rührschüsseln und Teller herum. Am Kühlschrank klebten zig Rezepte. Kochen war ihre große Leidenschaft.

Es roch nach geschmortem Hühnchen in Rotweinsoße und mein Magen knurrte.

Schon wieder quasselte die Frau ohne Punkt und Komma auf mich ein.

»Sie sollte endlich mal Deutsch lernen!«, flüsterte ich in Calimeros Richtung und sah meine Gastgeberin hilflos an.

»Du weißt, wie das ist!«, sagte Calimero gelangweilt. »Sie ist einfach kein Sprachgenie. Und seit mein Vater weg ist und sie mit diesem ... seltsamen Spanier ... zusammen ist, kannst du es sowieso vergessen. Deutsch liegt ihr außerdem nicht. Sie sagt, das ist eine Sprache für Beamte.«

Ich musste lachen. »Du bist auch ein seltsamer Spanier!«, sagte ich.

»Aber nicht so einer!«, verteidigte sich Calimero. »Der Typ hat echt einen an der Klatsche. Ich war schon mal in seiner Wohnung: überall Fotos von Stierkämpfen. José hat das früher selbst gemacht. Aber gut, keine schlechte Vorbereitung, um mit meiner Mutter zurechtzukommen!«

Calimeros Mutter war eine energische Frau mit eindeutig zu viel Pfunden auf den Rippen. Sie trug immer tief ausgeschnittene Kleider und ihr Haar war zu einer beachtlichen Frisur hochgesteckt. Wenn man mit ihr stritt, flogen schon mal die Fetzen. Vielleicht hatte Calimero also recht.

Calimeros Mutter stellte mir eine riesige Portion Hühnchen vor die Nase.

»Sag ihr, es sieht lecker aus!«

»Sag es ihr selber, *hijo*!« Mein Kumpel sah mich gähnend an. Er hasste es, für mich zu übersetzen.

»Was ist jetzt mit der Kleinen?« Calimero stopfte sich das leckere Essen in den Mund und sah mich misstrauisch an. »Händchenhalten? Zungenkuss? Habt ihr rumgemacht? Wie weit seid ihr beiden Pappnasen schon gegangen?«

Mir war es unangenehm, vor Calimeros Mutter solche Themen zu besprechen. Vielleicht verstand sie ja doch etwas, man wusste nie. Außerdem war es unhöflich, wie Calimero sich benahm. Er tat manchmal so, als wäre seine Mutter überhaupt nicht im Zimmer.

»Es ist noch überhaupt nichts passiert!«, zischte ich verlegen. Sorgfältig schnitt ich mein Fleisch auseinander und lächelte meine Gastgeberin höflich an. Calimero schob sich ungerührt ganze Brocken in den Mund und schmatzte.

»Wir sind noch in der Kennenlern-Phase. Weißt du, das ist der Zustand vor Zungenkuss und Rummachen. Tut mir leid, wenn dir das noch niemand gesagt hat. Aber so läuft das üblicherweise.«

Calimero war schon mit seinem halben Teller fertig. »Und, was hast du bislang so von ihr kennengelernt? Hat sie große Titten?«

Calimeros Mutter aß schweigend ihr Essen. Das lief meistens so. Irgendwann unterhielten wir beide uns und sie saß teilnahmslos dabei. Es war nur anders, wenn ihr neuer Freund, der ehemalige Stierkämpfer, mit dabei war. Dann redeten die zwei wie ein Wasserfall und Calimero musste im Sekundentakt für mich übersetzen.

»Sie heißt Lea«, warf ich Calimero ein Informationshäppchen zu. »Das ist eigentlich schon alles, was ich weiß. Ach ja, sie kann Billard spielen. Ziemlich gut sogar.«

»Echt?« Calimero spießte das letzte Fleischstück auf und schlang es hinunter. »Klingt geil, Mann. Du musst sie mir und Basti bald vorstellen. Wann seht ihr euch wieder?«

Ich musste an den peinlichen SMS-Austausch denken. Kino, wie war ich auf eine so blöde Idee gekommen?

Es waren nur Filme mit Untertitel möglich, und die wenigen, die gerade liefen, kannte Lea schon.

Jetzt hatten wir uns für Sonntag im Freibad verabredet.

Irgendwann konnten wir uns ja zum DVD-Gucken treffen. Da gab es Untertitel so viel man wollte. DVD-Gucken … wann und wo?

Noch wollte ich Lea auf keinen Fall meinen Eltern vorstellen.

»Wir sehen uns am Sonntag«, sagte ich rasch. »Weißt du ...«
Ich musste es endlich sagen. So ein Drama war es schließlich nicht. Gehörlos. Was war so schwierig daran, es auszusprechen?

»Lea ... also, sie ist ...«
Das Telefon klingelte und Calimero sprang auf.
Ich blieb allein mit Calimeros Mutter am Tisch zurück.
Sie sagte etwas auf Spanisch zu mir.
Ich verstand überhaupt nichts und nickte.

● ● ●

Als der Aufzug nicht kam, nahm ich die Treppe. Im ganzen Treppenhaus stank es nach einem chemischen Reinigungsmittel.

Im dritten Stock kam mir ein schwitzender Mann entgegengerannt. Der Kerl war etwas kurzatmig, hatte einen hochroten Kopf und schien es eilig zu haben.

Ich hatte die Tür erreicht und klingelte.

»Du sollst endlich verschwinden!«, hörte ich Bine schreien. »Verschwinde gefälligst und komm bloß nie wieder hierher.«

Unten ging die Haustür. Bestimmt hatte Bine den Mann gemeint.

Zaghaft klopfte ich an die Tür.

»Ich bin es nur«, sagte ich. »Mika. Ich bin wegen dem Unterricht gekommen.«

Bine riss die Tür auf. Sie hatte rot verquollene Augen und ihr Haar stand in sämtliche Richtungen ab.

»Männer sind Schweine«, sagte sie.

Ich sah auf meine Schuhspitzen. Wo sie recht hatte, hatte sie recht.

Bine packte mich an der Schulter und zog mich in ihre Wohnung. Überall standen todschicke Möbel herum. An den Wänden hingen moderne Drucke in farbigen Rahmen.

»Hast du im Treppenhaus so einen steinalten, hässlichen Typen gesehen?«

»Also, steinalt finde ich übertrieben«, sagte ich. »Und hässlich ... ich weiß nicht.«

»Ihr Männer haltet immer zusammen!«, sagte Bine. Sie wusch sich das Gesicht im Bad und fing an, sich ungelenk zu schminken. Sie klatschte sich eine Ladung Make-up ins Gesicht und verschmierte es wütend. Irgendwie hatte sie auf einmal Ähnlichkeit mit einem Clown.

Ungefragt setzte ich mich ins Wohnzimmer. Meinen ersten Kursnachmittag hatte ich mir anders vorgestellt.

In der Mitte des Raumes stand ein schwarz lackierter Tisch und darüber baumelte ein rosa Kerzenleuchter. Das Sofa, auf dem ich hockte, war aus rotem Leder. Links daneben stand ein schiefes CD-Regal. Dass es schief war, war offenbar gewollt.

»Interessante Möbel«, murmelte ich, als Bine zu mir zurückkam. Sie sah wieder einigermaßen hergestellt aus.

»Ich bin Verkäuferin in einem Möbelladen«, sagte Bine. »Das Dolmetschen mache ich nur nebenbei. Dann gebe ich zurzeit noch die Anfängerkurse in Gebärdensprache. Aber das ist eine Ausnahme. Normalerweise werden die Sprachkurse von den Gehörlosen selbst geleitet. Aber der taube Mann, der sonst den Unterricht abhält, ist im Krankenhaus.«

»Ein Gehörloser kann unterrichten?« Das stellte ich mir unmöglich vor.

»Natürlich! Unterricht von einem Muttersprachler ist doch immer das Beste. Du würdest dich wundern, wie gut das funktioniert!«

Mein Blick verfing sich in dem kitschigen Kronleuchter.

»Der Kerl eben war ein Kunde.« So langsam hatte sich Bine wieder beruhigt. »Hat letzten Winter für seine Frau eine schweineteure Einbauküche bestellt. Nach der Kostenkalkulation haben wir uns miteinander verabredet.«

Ich nickte verdattert.

»Ich Idiotin bin gleich mit ihm in die Kiste gesprungen!«, sprudelte es aus Bine heraus. »Als hätte ich es nötig! Aber was habe ich erwartet? Wieso sollte ein Kerl seine Frau verlassen, nachdem er ihr eine Einbauküche für elftausend Euro spendiert?«

Elftausend Euro?! Bei den Preisen lohnte es sich ja fast, statt einer Bank ein Küchenstudio zu überfallen!

»Männer, die ihren Frauen Küchen kaufen, sind immer suspekt!«, schimpfte Bine. »Sie haben entweder Dreck am Stecken oder etwas Fieses vor. Sonst würden sie das Geld in einen gemeinsamen Urlaub investieren!«

Ich saß mit rotem Kopf auf der Designercouch. Noch nie hatte ein erwachsener Mensch so mit mir gesprochen. Als wären wir auf Augenhöhe und als würde ich die Probleme verstehen, von denen sie sprach.

»Erst hat er mir hoch und heilig versprochen, seine Frau zu verlassen«, fuhr sie fort. »Aber natürlich wurde nie was draus. Am Anfang hieß es, sie ist schwer depressiv, dann konnten sie sich eine Scheidung nicht leisten. Und jetzt eben gesteht er mir, dass sie es überhaupt noch nicht weiß. Er hat ihr nie von mir erzählt, obwohl er schon vor drei Monaten behauptet hat, zu Hause klar Schiff zu machen. Ich kann es vergessen, dass die zwei sich trennen! Für ihn bin ich nur eine unbedeutende Affäre.«

Ich sagte immer noch nichts.

»Und was ist mit dir?«, fragte Bine atemlos. »Hast du im Moment ein Liebesdrama? Oder bin ich die Einzige, der immer so ein unglaublicher Müll passiert?«

»Ich hatte eine Freundin«, platzte ich verlegen heraus. »Wir waren echt glücklich. Zumindest ich! Dann ist es ihr aber langweilig geworden. Sie hat ganz plötzlich Schluss gemacht. Im Schwimmbad.«

»Im Schwimmbad?« Bine sah mich fassungslos an. »Wie stilvoll. Mit mir hat mal einer per SMS Schluss gemacht. Das war auch die Höhe. Erhard. Lächerlicher Name für einen miesen Feigling! Wie heißt deine Exfreundin überhaupt?«

»Sandra«, sagte ich.

»Sandra«, wiederholte Bine. »Wart ihr beide richtig eng zusammen?«

»Wir haben miteinander geschlafen«, sagte ich. Es war komisch, das auszusprechen. Bine war die Erste, der ich es verriet. »Vor einem Monat. Es war richtig schön. Ich wollte sie nach der Schule nach Mannheim begleiten. Sie ist ziemlich talentiert und will Sängerin werden. Es gibt da so eine Popakademie.«

»Oh Gott, du Armer! Frauen können so herzlos sein! Die erste Liebe vergisst man nie. Der erste Liebeskummer ist immer der schlimmste. Was danach kommt, ist nur noch Routine.« Plötzlich sprang Bine auf. »Wir müssen los!«

»Wohin denn?«

»Na, zum Kurs! Du bist doch wegen Gebärdensprache gekommen. Moment mal! Was machst du überhaupt hier?«

Erst jetzt schien Bine zu dämmern, dass irgendetwas nicht stimmte.

»Ich dachte, der Kurs findet in deiner Wohnung statt!«, sagte ich. »Du hast mir die Uhrzeit und deine Adresse geschickt!«

»Ehrlich?«, Bine sah mich ungläubig an. »Der Kurs findet natürlich in der Uni statt. Bei mir in der Wohnung gibt es nur das Intensivseminar Beziehungskatastrophen. Aber das geht über mehrere Semester und ist ständig ausgebucht.«

Meine anfängliche Verlegenheit verflüchtigte sich und ich musste lachen.

Bine verschwand und kam mit einem Helm zurück. »Hier, du kannst den haben. Ich nehme dich auf dem Motorrad mit. Das sind übrigens meine Eltern.«

Sie zeigte im Vorbeigehen auf ein Foto, das auf einer Kommode im Flur stand.

»Das war letztes Jahr auf dem Oktoberfest.«

Das Paar sah echt nett aus und schien in bester Feierlaune. Sie hielten zwei Bierkrüge in die Höhe.

Erst im Treppenhaus fiel es mir wieder ein. Dass Bines Eltern beide taub waren. Sie hatte es bei unserem ersten Treffen kurz erwähnt.

»Sag mal ...« Wir hatten die Haustür erreicht. »Wie ist das so, wenn man mit gehörlosen Eltern aufwächst?«

Bine zuckte mit den Schultern. »Eigentlich ganz normal. Gut, ich musste ziemlich oft für die beiden übersetzen. Aber auch daran gewöhnt man sich.«

»Habt ihr euch manchmal gestritten?«

»Manchmal?« Bine lachte erheitert auf. »Nach meinem zwölften Geburtstag quasi ständig. Es passte ihnen nicht, wie ich rumlief, meinen ersten Freund nannten sie Pestbeule und meine Zigaretten haben sie im Klo runtergespült. Der ganz normale Familienwahnsinn. Heute haben wir aber ein richtig herzliches Verhältnis.«

Wir hatten Bines Motorrad erreicht. Ich schob den Helm über meinen Kopf. Dann klappte ich das Visier nach oben. »Hättest du dir eigentlich nicht lieber hörende Eltern gewünscht?«

Bine überlegte. »Eigentlich nicht«, sagte sie dann. »Kennst du AC/DC? Damals war ich Mitglied des Fanclubs! Bei mir durfte man die Songs in voller Lautstärke hören! Alle fanden das ziemlich cool. Nur die Nachbarn aus dem Haus gegenüber haben ständig die Polizei geholt.«

Bine ließ den Motor an und wir fuhren in Richtung Uni.

10 Meine Eltern hockten mit Iris vor der Glotze. Vor ihnen, auf dem Glastisch, stand eine riesige Schüssel mit Chips, mein Vater hatte sich ein Bier geöffnet.

»Wo warst du?« Meine Mutter sah nur kurz auf, um sich sofort wieder auf die Sendung zu konzentrieren.

Niemand aus meiner Familie hatte nach Iris' Geburtstag jemals wieder den Gebärdensprachkurs erwähnt. Vielleicht hatten meine Eltern das überhaupt nicht ernst genommen.

Ich hatte so viel gelernt in Bines Nachmittagskurs, dass ich mich beinahe high fühlte. Trotzdem dachte ich nicht daran, meine Familie einzuweihen. Selber schuld, wenn sie so wenig Interesse an meinem Leben zeigten.

Sie beschwerten sich ständig, dass ich mich so abschottete und nichts mehr mit der Familie unternahm. Aber selbst waren sie im Grunde genauso. Mein Leben war ihnen völlig egal.

»Ich war in der Stadt«, beschloss ich deshalb, die Halbwahrheit zu sagen.

»Calimero hat angerufen«, erwähnte mein Vater, ohne vom Bildschirm aufzusehen. Es lief eine Arztserie und Iris war seit Wochen in den Hauptdarsteller verknallt. In ihrem Zimmer hingen Poster von dem Typen und sie hatte beschlossen, später auch einmal Ärztin zu werden.

Warum meine Eltern diesen Schwachsinn ansahen, war mir allerdings schleierhaft.

»Ich rufe ihn später zurück«, sagte ich, als wollte ich mich für etwas entschuldigen.

»Calimero und ich gehen am Sonntag zusammen in die Kletterhalle«, eröffnete mir mein Vater überraschend. Seine Stimme klang abweisend, fast kalt. »Wenn du mitgehen willst, freue ich mich. Wenn nicht, dein Pech. Wir wollten gegen eins los. Wir haben alles schon besprochen.«

Am Sonntag war ich mit Lea im Freibad verabredet.

»Ich kann nicht«, sagte ich. »Hab schon was vor.«

»War klar.« Mein Vater wirkte nicht mal beleidigt. Eher völlig gleichgültig. Ich blieb noch kurz im Türrahmen stehen und stahl mich dann in mein Zimmer davon.

Mika and Sandra forever! war das Erste, was ich sah, als ich das Licht anschaltete. Aber irgendwie kam mir der Schriftzug auf einmal viel blasser vor. Ich würde gar nicht viel Farbe brauchen, um den Satz zu überstreichen. Ein kleiner Eimer, mehr sicher nicht.

Ich warf meine Tasche neben den Schreibtisch.

Mein Vater würde also übermorgen mit Calimero zum Klettern gehen. Irgendwie gefiel mir die Vorstellung nicht. Ich hatte keinen Bock, dass die zwei sich über mich unterhielten. Ich wollte auch nicht, dass die beiden sich benahmen wie Vater und Sohn. Wie best friends. Calimero hatte einen eigenen Dad. Ich konnte auch nichts dafür, wenn der sich nicht ausreichend kümmerte.

Ich nahm einen alten Schulordner aus dem Regal und heftete die Blätter aus Bines Intensivkurs ein. Das Fingeralphabet. Es gab für jeden Buchstaben ein eigenes Zeichen. Jetzt konnte ich bereits meinen Namen buchstabieren. Normalerweise benutzte man aber Gebärdenzeichen. Für fast jedes Wort gab es eine eigene Handbewegung. Körperhaltung und Gesichtsausdruck gehörten ebenfalls dazu. Einfach war das alles auf jeden Fall nicht, das hatte ich ziemlich schnell begriffen.

Familie, formte ich mit beiden Händen. Zwei Kreise, die sich zu einem großen zusammenschlossen.

Absurd. Meine Familie war so ziemlich alles, nur kein geschlossener Kreis.

Ich machte mit den anderen Worten weiter.

Vater. Mutter. Bruder. Schwester.

»Was tust du da?«

Iris hatte sich in mein Zimmer geschlichen und stand wie aus dem Nichts hinter mir.

»Ich lerne«, sagte ich und legte genervt das Übungsblatt zur Seite. »Für die Schule. Das geht dich außerdem überhaupt nichts an. Wieso klopfst du nicht? Ich habe es langsam satt, das ständig zu wiederholen!«

Iris' Augen waren auf das umgedrehte Blatt geheftet.

»Du lügst! Die Schule ist vorbei und wir haben Ferien!«, sagte sie. »Du hast eine komische Handgymnastik gemacht. Ich habe es genau gesehen!«

Handgymnastik! Ich fasste es nicht, wie aufsässig die Kleine war.

»Ist deine Fernsehserie schon aus?«

Ich versuchte verzweifelt, Iris wieder loszuwerden.

»Doktor Weiss hat eine Patientin geküsst!«, sagte Iris verletzt. »Eine ganz blöde. Außerdem ist das eine, die immer nur Lügen herumerzählt. Und stiehlt. Aber das ist ihm völlig egal! Er hat sie ganz lang geküsst, mindestens eine Viertelstunde.«

Also hatte auch meine kleine Schwester Liebeskummer. Manchmal war das Leben eben doch gerecht.

Ich nahm mir ein Herz. »Ich lerne momentan eine besondere Sprache«, verriet ich und drehte das Blatt wieder um. »Stell dir vor, du wärst taub.«

Iris nickte.

»Du könntest nicht verstehen, was die anderen um dich herum so sprechen. Und du könntest selbst nur sehr mühsam reden, weil du das Sprechen als Kind nicht richtig gelernt hast.«

»Warum denn nicht?«

Seit wann war Iris so wissbegierig?

Ich dachte nach. »Weil wir sprechen lernen, wenn wir Wörter hören. Ein Baby hört das Wort Mama und irgendwann brabbelt es die Töne einfach nach! Wenn das Baby aber taub ist, kann es die Worte nicht hören und im Kopf abspeichern und nachsprechen.«

Das war zu viel für Iris. Sie runzelte die Stirn.

Für mich war es auch zu viel. Im gleichen Moment, als ich es meiner Schwester erklärte, fragte ich mich selbst, wie das funktionieren konnte. Wie lernten Gehörlose sprechen, wenn sie nie hörten, wie ein Wort ausgesprochen klang?

Je mehr ich darüber nachdachte, desto rätselhafter kam es mir vor.

»Mittagessen für Lea und mich!«, hatte Leas Freundin Franzi im Freak City laut und deutlich gesagt. Gut, es hatte sich seltsam monoton angehört, aber trotzdem war es irgendwie zu verstehen gewesen. Wer hatte Franzi dieses Kunststück beigebracht?

Und warum hatte Lea die ganze Zeit über eisern geschwiegen? Mir rauchte der Kopf.

»Und weiter?« Iris sah ungeduldig aus. Ich wunderte mich, dass die Thematik sie überhaupt interessierte.

»Damit sich diese Leute trotzdem unterhalten können, haben sie eine eigene Sprache entwickelt. Eine Sprache mit den Händen.«

»Eine Geheimsprache!« Iris sah mich begeistert an. Mit ihren Freundinnen testete sie ständig Geheimsprachen aus.

Die Tralala-Sprache zum Beispiel.

»Mei-treileilei-n Bru-trululu-de-trelele-r i-trilili-st ei-treileilei-n De-trelele-pp.«

Iris' Geheimsprachen waren so schlecht, dass man sie immer sofort durchschaute.

»In gewisser Weise ist es eine Geheimsprache, weil die wenigsten Leute sie verstehen können«, bestätigte ich.

»Zeigst du mir was?«, bettelte Iris.

Ich ächzte. »Willst du nicht lieber Benjamin Blümchen hören? Du kannst meine Anlage benutzen!«

»Nein!« Iris verschränkte die Arme vor der Brust. »Ich will die Geheimsprache lernen! Sofort!«

Ich musste lachen. Ich hatte Iris völlig falsch eingeschätzt. Normalerweise hatte sie nie Lust, irgendwas zu lernen. Hausaufgaben waren jedes Mal der reinste Kampf.

»Das Zeichen zum Beispiel bedeutet süß!«, erklärte ich und strich mir mit dem Zeigefinger über das Kinn.

»Und was bedeutet Mama?«

Ich schielte auf das Blatt. Bine hatte uns bereits ein paar wichtige Worte beigebracht. »Mutter heißt das«, sagte ich und fuhr mit meiner Handkante von links nach rechts über mein Gesicht. »Und Vater ist eine ganz ähnliche Gebärde. Nur von oben nach unten.«

Iris machte es nach.

»Ist ja babyeinfach!«, behauptete sie.

»Es gibt noch ein paar Tausend andere Wörter«, bremste ich Iris aus. Bestimmt würde sie bald wieder die Lust verlieren.

»Wenn wir nächstes Mal in Italien im Urlaub sind, kann ich mich vielleicht mit der Omi unterhalten!«, sprudelte es aus Iris heraus.

In dem kleinen Familienhotel, in dem wir die letzten drei Jahre immer an Pfingsten Urlaub gemacht hatten, gab es eine schwerhörige Großmutter. Sie stand meistens in der Küche, manchmal aber kam sie auch in das Restaurant und nickte den Gästen freundlich zu.

»Ich glaube nicht, dass sie Gebärdensprache kann«, sagte ich. Das hatte ich auch in der ersten Stunde gelernt. Nicht jeder Gehörlose konnte Gebärdensprache. Vor allem, wenn die Leute erst spät ihr Gehör verloren hatten, fanden sie sich oft einfach damit ab, nicht mehr an den Gesprächen teilzuhaben. Außerdem kam ein kompliziertes Problem dazu: Es gab gar nicht die eine, feste, weltweite Gebärdensprache, sondern Hunderte davon. In Italien wurde eine völlig andere Gebärdensprache benutzt als in England oder der Türkei. Sogar innerhalb Deutschlands waren die Gebärdensprachen von Stadt zu Stadt verschieden. In München wurden für viele Worte andere Handzeichen benutzt als in Hamburg, in Berlin andere als in Bremen.

»Das Essen ist fertig!«, schrie unsere Mutter von unten.

Ich packte meine Schwester an der Schulter.

»Iris, die Sache mit der Gebärdensprache bleibt aber unser Geheimnis, ist das klar?«

Iris sah mich verunsichert an. »Wieso denn?«

»Deshalb eben. Mama und Papa müssen nicht alles wissen. Ehrenwort?«

»Ehrenwort!«

Wir gingen gemeinsam nach unten.

• • •

»Darf ich mal an den Computer?«

Mein Vater sah mich misstrauisch an. Normalerweise benutzte ich den PC nur nachmittags, für die Hausaufgaben, oder um mit meinen Freunden zu chatten. Abends saß ich so gut wie nie davor.

»Muss später noch eine Fahrradstrecke recherchieren«, behauptete mein Vater. Er saß schon wieder vor der Glotze und sah irgendeinen Mafia-Film an. Mama war bereits ins Bett gegangen. Iris schlief seit Stunden tief und fest.

»Bis dahin bin ich doch längst fertig!«

Mich kotzte echt an, dass ich meinen Vater ständig wegen dem Computer fragen musste. Am liebsten hätte ich einen eigenen.

»Also gut. Aber was willst du um die Uhrzeit noch im Netz? Surf nicht auf irgendwelchen Ü18-Seiten!«

Was dachte mein Vater eigentlich von mir?

»Will nur noch meine E-Mails abrufen!«

Mein Vater machte den Ton vom Fernseher leiser. »Post von Sandra?«

Ich nickte lustlos. Irgendwann würde ich von Lea erzählen müssen. Irgendwann, aber nicht jetzt.

»Habt ihr euch wieder vertragen? An Iris' Geburtstag wirkte es so.«

Ich schüttelte den Kopf. »Es ist aus. Immer noch. Aber sie will es sich überlegen.«

»Aha.« Mein Vater wirkte auf einmal nervös. Jetzt hatte er es endlich, das tolle Vater-und-Sohn-Gespräch, das er sich immer so wünschte. Und gleich überforderte es ihn.

»Mädchen!«, sagte er bloß. »Kompliziert. Das waren sie auch früher schon. Vielleicht hätte Sandra mal Lust auf die Kletterhalle? Oder die Berge. Lade sie doch mal ein! Die Sommerferien sind lang. Und Jutta wollte ich eh mal mitnehmen. Wir könnten eine Art Familienausflug machen.«

Ich starrte meinen Vater an. Dachte er wirklich, Sandra würde zu mir zurückkehren, nur wegen einer Kletterpartie?

»Mal sehen«, wich ich aus. Sandra war überhaupt nicht der Typ für Sport. Sie hatte viel zu viel Angst um ihr Make-up. Und davor, dass der Helm ihre Frisur ruinierte.

Für Lea wäre es vielleicht eher was. Ich schätzte sie als abenteuerlustig ein, konnte es aber nicht wirklich sagen.

Ich ging ins Arbeitszimmer meines Vaters hinüber. In den Regalen standen Pokale aus vergangenen Zeiten. An den Wänden hingen Urkunden. Bis vor einigen Jahren hatte Papa in allen möglichen Vereinen Sport getrieben. Badminton, Aikido, Squash. Eigentlich war es klar, dass er auch aus mir einen sportlichen Kerl machen wollte. Sport und vor allem die Berge waren einfach seine Leidenschaft. Bestimmt kränkte es ihn, dass er so eine Couch-Potato zum Sohn hatte, die lieber andere Sachen machte. Kino, Kneipe, Freibad. Gebärdensprache ... Kein Wunder, dass er so ablehnend auf die Nachricht reagiert hatte!

Ich schaltete den Computer an. Das Hintergrundbild zeigte ein Foto unserer Familie. Es war alt, Iris war damals noch nicht mal im Kindergarten gewesen.

Damals sahen wir alle superhappy aus.

Was hatte sich seitdem verändert?

Drei E-Mails, zeigte mein Postkasten an.

Eine Spam-Mail, die mir spottbillige Viagra-Pillen versprach. Die zweite Mail war von Sandra, die dritte von Lea.

Sandra hatte mir eine Rundmail geschickt, die auch neunzehn andere Leute erhalten hatten. Es waren ein paar digitale Fotos ihres letzten Auftritts angehängt. Und eine Ankündigung des nächsten Konzerts. In vier Wochen würde sie auf einem Musikfestival ausgerechnet im Park gegenüber vom Freak City singen.

Sandra verkündete außerdem, dass sie bei einer neuen Band angefangen hatte. Jetzt war sie auch noch Frontfrau der *Coloured Pieces*, nachdem deren bisherige Sängerin kurzfristig abgesprungen war.

Wie hatte sie es nur hingekriegt, in so eine bekannte Band zu kommen? Und warum hatte sie mich nicht schon früher informiert?

Gedankenverloren sah ich die Fotos an.

»Sandra sieht echt aus wie ein richtiger Star!« Mein Vater stand direkt hinter mir. Gab es in dieser Familie eigentlich überhaupt keine Privatsphäre mehr?

»Sie singt jetzt bei den *Coloured Pieces* mit«, sagte ich und klickte das nächste Foto an. Sandra hing am Mikro und die Menge jubelte ihr zu.

»Die *Coloured Pieces*? Wow. Die kenne sogar ich und das will was heißen! Hab sie mal in der Muffathalle gehört!« Mein Vater lachte. »Wäre echt super, wenn ihr zwei euch wieder verstehen würdet. So ein tolles Mädchen trifft man nicht alle Tage. Für so eine muss man sich ins Zeug legen, verstehst du? Verhalt dich mal wie ein Mann! Kämpfe!«

Wie ein Mann? Was wollte mir mein Vater damit sagen? Dass ich ein Waschlappen war?

»Willst du an den PC?«, fragte ich barsch. »Ich muss nämlich noch was erledigen.«

Mein Vater kapierte den Wink mit dem Zaunpfahl. Er drehte mir wortlos den Rücken zu und ging ins Wohnzimmer zurück.

Kurz darauf hörte ich einen Werbespot von MTV. Manchmal fragte ich mich, ob mein Vater einfach nicht älter werden wollte. Vielleicht mischte er sich deshalb ständig in meine Angelegenheiten ein.

Kämpfe! Kämpfe!

Ich klickte die Nachricht von Lea an.

Hallo Mika ... wegen Freibad am Sonntag. Ich muss vorher zu einem schrecklichen 70. Geburtstag meiner Großtante. Danach komme ich ins Freibad nach. Geh schon mal rein, ich finde dich! Ich freue mich schon total. CU, Lea.

PS: Hast du im Internet mal gegoogelt, was dein Name bedeutet? Er bedeutet: »Wer ist wie Gott?«

Bist du Finne?

Mein Blick verlor sich im Flimmern des Bildschirms. Lea hatte das mit meinem Namen herausgekriegt, das fand ich stark.

Finnland.

Meine Eltern hatten schon vor meiner Geburt auf eine Reise nach Finnland gespart und sie immer wieder aufgeschoben. Sie behaupteten beide, Finnland zu lieben, obwohl sie noch nie dort gewesen waren.

Das Geld für die Reise hatten sie irgendwann in ein Auto gesteckt. Jetzt erinnerte nur noch mein Name an die alten Pläne.

Warum war Lea eigentlich so freundlich zu mir? Ich hatte sie im Freak City ganz schön blöd sitzenlassen. Und warum schickte Sandra mir eine belanglose Rundmail, wo sie doch ständig betonte, mich immer noch zu lieben?

Sie hätte es mir echt selbst sagen können, die Sache mit der neuen Band.

Ich fuhr den Computer herunter und griff nach dem Namenslexikon in Papas Regal. Meine Eltern hatten es vor Iris' Geburt gekauft und eine Zeit lang hatten wir ständig irgendwelche Namen nachgeschlagen. Neugierig suchte ich jetzt den Namen Lea heraus.

Löwin, stand da, neben einer ganzen Liste anderer Bedeutungen.

Löwin. Passte ja.

Ich stellte das Buch ins Regal zurück. Übermorgen würde ich Lea wiedersehen.

11 Das Freibad platzte aus sämtlichen Nähten. Nach dem letzten Schultag versuchten jetzt alle, den Frust des vergangenen Jahrs im chlorverseuchten Wasser des Beckens zu ertränken.

Lea würde mich hier niemals finden können! Wenigstens bestand keine Gefahr, dass ich Sandra traf. Sie zog das Spaßbad in der Halle vor. Ob sie jetzt gerade mit Florian ihre Runden drehte? Mit ihm auf dem heißen Stein hockte, die Knie angezogen, mit frisch aufgetragenem Nagellack?

Ich ging in Richtung Wellenbad und stieg über die ausgebreiteten Decken. Links wummerte ein Radio, ein paar türkische Jungs saßen im Kreis und rauchten Wasserpfeife.

»Torben Müller bitte zum Haupteingang kommen!«, dröhnte es durch die Lautsprecher. Dann kam schon die nächste Meldung vom Bademeister: »In zehn Minuten Wellenbetrieb!«

O. K. Im Notfall würde ich Lea über die Lautsprecher ausrufen lassen.

Dann korrigierte ich mich selbst. Natürlich würde ich sie nicht ausrufen lassen können, ich musste darauf hoffen, dass sie mich von selbst in der Menge fand.

Am Zaun entdeckte ich ein letztes Stück freien Rasen und breitete mein Badetuch aus.

Mein Blick wanderte über das Meer an Köpfen, Luftmatratzen und Sonnenschirmen. Es war blöd gewesen, sich ausgerechnet hier zu verabreden! Überhaupt war es blöd gewesen, sich mit Lea außerhalb des Freak City zu treffen. Über was sollten wir beide uns unterhalten? *Wie* sollten wir beide uns unterhalten? Wir konnten uns ja schlecht den ganzen Nachmittag über anstarren und gar nichts sagen.

Vielleicht hätte ich doch besser meinen Vater und Calimero begleiten sollen. Bei schönem Wetter war in der Kletterhalle wenig los und man hatte die ganzen guten Abschnitte für sich allein.

Der Gedanke an meinen Vater und Calimero verursachte ein Ziehen in meinem Bauch.

Bei der Wasserrutsche konnte ich plötzlich Leas Lockenkopf entdecken.

Ich sprang von meinem Handtuch hoch.

»Lea!« Ich winkte ihr zu.

Die Röte schoss mir ins Gesicht. Im gleichen Moment fiel es mir ein. Natürlich konnte sie auch mein Rufen nicht hören. Für sie war das ganze Freibad eine tonlose Fläche, vollgestopft mit Menschen, die die Lippen öffneten und schlossen wie stumme Clowns.

Die Kinder auf der Nachbardecke beobachteten mich.

Ich winkte auffälliger, wenn sie nur kurz in meine Richtung guckte, musste sie mich sehen!

Lea wandte ihren Kopf und unsere Blicke trafen sich. Sie winkte zurück.

Erst jetzt bemerkte ich, dass sie nicht allein war. Neben ihr spazierte ein kleiner Junge. Offenbar brachte sie ihren Bruder als Aufpasser zu unserem ersten Date mit. Na prima!

Die beiden liefen zielsicher auf mich zu und hatten mich kurz darauf erreicht.

Lea hob nickend die Hand und ich machte es ihr nach. Dann sah ich die kleine Nervensäge an, die Lea im Schlepptau hatte.

»Hallo!«, sagte ich unfreundlich zu dem Knirps.

»Hi!«, antwortete er und warf sein Handtuch neben meines. Er schlüpfte aus seinen Klamotten und stand jetzt in einer schwarzen Badehose mit Spiderman-Aufdruck vor mir.

»Ich bin Kevin«, stellte er sich vor. »Franzis Bruder. Ich glaube, du hast meine Schwester schon kennengelernt?«

Ich starrte Kevin entgeistert an. Das wurde ja immer besser. Wenn Lea auf ihren Bruder aufpassen musste, konnte ich das gerade noch verstehen. Aber was um Himmels willen machte der kleine Bruder ihrer besten Freundin bei *unserer* Verabredung?

»Ich habe maximal eine halbe Stunde Zeit!«, sagte Kevin geschäftig und setzte sich im Schneidersitz auf sein Handtuch. »Danach bin ich mit meinen Kumpels bei den Tischtennisplatten verabredet. Kapiert?«

Ich verstand überhaupt nichts mehr.

Lea holte eine gemusterte Decke aus ihrem Rucksack, breitete sie aus und setzte sich darauf. Dann zog sie ihr T-Shirt aus. Sie trug einen hellblauen Bikini und für eine Millisekunde streifte mein Blick darüber. Sie hatte kleinere Brüste als Sandra und ihre Haut war sonnengebräunt. Sie war übersät von Sommersprossen. Streng sah Kevin mich an.

»Was ist jetzt?«, fragte er. »Ich habe nicht ewig Zeit, Leute!«

Lea verdrehte die Augen. Mit ihren Händen redete sie aufgebracht auf den Knirps ein.

Er nickte und antwortete ihr, ebenfalls in Gebärdensprache. »Ja, schon gut«, murmelte er. »Hat jemand was zu trinken für mich?«

Fassungslos betrachtete ich den Jungen. Er brachte das Kunststück zustande, gleichzeitig zu plappern und in Gebärdensprache zu reden. Dabei war er noch ein Kind!

Lea griff in ihren Rucksack und warf Kevin eine Flasche Pepsi zu. Er trank gierig daraus.

»Woher kannst du Gebärdensprache?«, fragte ich Kevin, als er die Flasche zur Seite stellte.

Er hob die Schultern an. »Franzi hat es mir beigebracht. Meine Mama sagt, ich konnte die Gebärdensprache, noch bevor ich mein erstes Wort gesprochen habe. Alle in meiner Familie können die Gebärdensprache. Aber für meine Eltern ist es schwieriger, sie haben es erst als Erwachsene gelernt.«

Ich war baff.

Kevin musterte mich. »Lea hat mir eine SMS geschickt und gefragt, ob ich mitkomme zum Übersetzen. Aber wie gesagt, ich habe nur eine halbe Stunde Zeit. Außerdem nervt es mich. Ich muss immer mitkommen, wenn Lea sich mit irgendwelchen Typen trifft. Sie ist echt ständig verknallt, genau wie meine Schwester. Aber der letzte Freund von Lea war ein Vollidiot.«

Kevin sah mich an, als müsste er abchecken, ob ich ebenfalls ein Vollidiot war oder nicht.

Das, was Kevin sagte, beunruhigte mich. Ich hatte mich wie ein Held gefühlt, dass ich mich überhaupt mit Lea verabredete. Wenn ich ehrlich war, war ich gar nicht auf die Idee gekommen, dass es auch andere Jungs gab, die sich für sie interessierten. Vielleicht hatte ich den unsinnigen Schluss gezogen, weil sie gehörlos war.

»Hatte sie schon sehr viele Freunde?«, fragte ich in Kevins Richtung.

Kevin übersetzte für Lea und grinste frech. Aufgebracht sah sie mich an und machte eine ziemlich unfreundliche Handbewegung.

»Sie sagt, das geht dich einen Scheiß an!«, übersetzte Kevin für mich.

Ich verdrehte die Augen. »Musst du alles übersetzen?«, sagte ich zerknirscht. »Die Frage war für dich gedacht!«

Kevin grinste immer noch und übersetzte auch das für Lea.

»Frag sie was über ihre Familie!«, unterbrach ich Kevin hastig und sah endlich wieder Lea an. Der Knirps war das reinste Ekelpaket. Aber Lea schien das Spiel zu gefallen, denn sie blinzelte mir versöhnlich zu.

Kevin formte mit fließenden Bewegungen ein paar Gebärden. Ich erkannte das Zeichen für Familie. Zwei kleine Kreise, die sich zu einem größeren schlossen. Lea verzog das Gesicht. Ein Schwarm Vögel flog in dem Moment über uns her. Es sah seltsam aus, als würde ein Schatten über Leas Stirn wandern. Ohne Punkt und Komma fingen ihre Hände an zu erzählen.

»Ihre Mutter arbeitet vormittags in einem Büro«, übersetzte Kevin. »Und ihr Vater ist ein hohes Tier bei der Bahn. Sie hat drei Geschwister. Eine Schwester, die vier Jahre älter ist. Und zwei Brüder, die aber nicht mehr zu Hause wohnen.«

»Bist du schon immer gehörlos?«, wollte ich wissen und sah in Leas Gesicht. Sie hatte ein winziges Muttermal, das mir bislang gar nicht aufgefallen war. Ihr Mund war voll und sanft, bestimmt fühlte es sich verdammt gut an, Lea zu küssen.

Lea nickte und redete in Gebärdensprache weiter.

»Schon von Geburt an. Die Eltern wollten es lange nicht wahrhaben, denn es gab in der Familie vorher nie jemanden, der gehörlos war.«

Wir schwiegen und ich sah auf das Muster der Decke, auf der Lea saß.

Der Lärmpegel um uns herum war enorm. Überall schrien Kinder, plärrte Musik oder hörte man Körper, die ins Wasser klatschten. Es war unvorstellbar, dass Lea all das nicht mitbekam.

Die Kinder von der Nachbardecke waren in Richtung Strandbar verschwunden und wir drei waren für uns.

»Lea will wissen, ob du Geschwister hast!«, sagte Kevin.

Ich riss mich vom Muster der Decke los.

»Ja, eine Schwester.«

Kevin übersetzte für mich. »Iris«, fuhr ich fort. »Sie ist sieben. Mein Vater ist Lehrer. Und meine Mutter hat einen Partyservice.«

»Das klingt schön!«, übersetzte Kevin für Lea. »Wie eine nette kleine Familie.«

Ich stierte wieder auf die Decke. Es klang vielleicht schön, aber es war nicht wirklich so. Aber das konnte ich Lea unmöglich erklären. Nicht so, auf einer Decke im Freibad. Mit einem kleinen Jungen neben uns, der jedes Wort unseres Gesprächs mitbekam. Ob ich mich jemals ungestört mit Lea würde unterhalten können?

»Lea hat viele Probleme mit ihrer Familie«, riss Kevin mich aus meinen Gedanken. Er hatte schon wieder angefangen, für sie zu übersetzen.

»Warum?«

Ich sah Lea an. Ihre Augen waren so grün, dass mir schwindelig wurde. Ihr Gesicht hatte einen trotzigen Ausdruck angenommen. Mich interessierte wirklich, mit wie vielen Typen sie zusammen gewesen war. Und was hieß das genau? Sah ihr

Leben in Wahrheit ganz ähnlich aus wie das von anderen Mädchen?

»Ihre zwei Brüder sind faule Säcke«, übersetzte Kevin für mich. »Und ihre Schwester ist eine total eingebildete Ziege. Außerdem gibt es gerade viel Streit zu Hause wegen Leas Zukunft. Lea möchte gerne studieren. Aber ihre Eltern sind dagegen. Ein Onkel hat eine Firma für Kunststoffherstellung. Lea könnte dort eine Ausbildung machen. Aber darauf hat sie keine Lust.«

»Was willst du denn studieren?« Ich sah Lea an.

»Psychologie«, übersetzte Kevin.

Er klang auf einmal müde. Bestimmt strengte ihn das ewige Übersetzen an. »Könnt ihr euch nicht mal über was Interessantes unterhalten?«, fragte er. »Ich schlaf gleich ein!«

Lea und ich mussten lachen.

»Gibt es Schulen für Gehörlose?«, fragte ich und Kevin täuschte ein langes Gähnen vor. Trotzdem übersetzte er weiter.

Lea nickte. »In München gibt es eine Realschule für Gehörlose«, erklärte Kevin. »Da geht Lea hin.«

Ich nickte. Kevin sah auf seine Uhr. Die Zeit war wie im Flug vergangen.

Auf einmal kam ein Kerl auf uns zugesteuert. Er war groß und durchtrainiert und beneidenswert gleichmäßig gebräunt. Außerdem hatte er einen Dreitagebart, woran ich nicht mal im Traum zu denken brauchte. Bart und ich, das war ein schwieriges Thema.

Lea bemerkte den Schatten, der dem Kerl vorauseilte, und sah auf.

Irgendwas in ihrem Gesicht schaltete augenblicklich um auf soft und sie sprang hoch, als wäre ich Luft und als hätte sie in

Wahrheit schon die ganze Zeit über einzig auf diesen Typen gewartet.

Der Kerl nickte mir und Kevin gleichgültig zu, umarmte Lea jedoch fest und küsste sie auf beide Wangen.

Dann fingen die zwei an, sich in Gebärdensprache zu unterhalten.

16 Jahre lang hatte ich nie auch nur einen Gehörlosen kennengelernt. Und auf einmal ...

Kevin neben mir ächzte. »Flirtalarm!«, flüsterte er, als könnten Lea oder der Typ uns hören.

Leas Wangen glänzten und sie lächelte, als hätte sie irgendwelche lustig machenden Gase inhaliert.

»Wer ist der Kerl?«, fragte ich. Ich kam mir echt sitzengelassen vor.

»Das ist Marcel«, murmelte Kevin. »Meine Schwester und Lea sind beide voll verknallt in ihn. Meine Schwester hat sich sogar ein Tattoo mit seinem Namen in den Arm geritzt. Mit hellblauer Tinte. Das ist schon ein halbes Jahr her. Sie zeichnet es immer wieder nach, jeden Morgen beim Frühstück.«

»Aha.« Ich sah meinen arbeitslosen Dolmetscher an. »Es gibt wohl wenig gehörlose Jungs, oder?«

Kevin zuckte mit den Schultern. »Ach, es gibt eine ganze Menge davon. Aber die meisten sehen halt nicht gerade wie Marcel aus, wenn du verstehst, was ich meine.«

Das stimmte leider. Auch die meisten hörenden Jungs, ich eingeschlossen, sahen nicht aus wie Marcel. Der Typ schien direkt aus einer lässigen Surfer-Serie entsprungen zu sein.

»Was reden die zwei da?«, fragte ich.

Kevin zog die Schultern hoch. »Ist privat, Mann. Aber ich kann dir sagen, Lea legt sich ganz schön ins Zeug. Ich glaube, wenn sie Marcel rumkriegt, wird meine Schwester vor Trauer sterben. Sie ist verknallt in Marcel, seit sie in der Grundschule zwei Klassen unter ihm war!«

»Ehrlich?«

Der göttliche Marcel klopfte Lea auf die Schulter und nickte uns beiläufig zu. Dann stapfte er in Richtung Sprungturm davon.

Lea setzte sich wieder. Unsere Blicke trafen sich einen Moment. Ich versuchte, mir nicht anmerken zu lassen, dass der Kerl mich echt eingeschüchtert hatte. Wenn Lea auf Typen wie den stand, was machte dann ich auf dieser gemusterten Picknickdecke?

Aber Lea ließ mir keine Zeit für deprimierende Gedanken.

»Was willst du nach der Schule machen?«, fragte sie und Kevin übersetzte für sie.

Ich wurde unsicher. »Keine Ahnung ...«, murmelte ich. Aber dann sah ich eine gute Gelegenheit, auch einen Trumpf auszuspielen. Lea brauchte nicht zu glauben, dass es keine Mädchen gab, die sich für mich interessierten. »Eigentlich wollte ich nach Mannheim. Meiner Freundin hinterher. Na ja, eher meiner Exfreundin. Sie ist Sängerin und will auf die Popakademie gehen.«

»Cool!« Kevin strahlte. Endlich hatte ich ein Thema angeschnitten, das er spannend fand. »Richtig viele Stars wurden auf der Popakademie fit gemacht!«

»Hat das jetzt Lea gesagt?«, fragte ich verwirrt. Kevin schüttelte den Kopf. »Quatsch. Von Musik hat sie logischerweise null Ahnung. Weiß nicht mal, was das ist. Aber ich will vielleicht auch mal auf die Popakademie. Spare auf ein Schlagzeug. Ist deine Ex berühmt?«

Ich hielt den Kopf schief. »Sie singt bei den *Coloured Pieces* mit«, klärte ich Kevin auf.

Er sah mich begeistert an. »Kenne ich!«, sagte er und fing an, ihren bekanntesten Hit nachzusummen.

Ich fasste es nicht, dass sich ein Neunjähriger derart mit Musik auskannte. Aber genauso wenig konnte ich es fassen, dass er hier bei uns saß und unser Gespräch übersetzte.

Lea saß schweigend neben uns. Den letzten Teil unseres Gespräches hatte Kevin nicht mehr übersetzt und Lea war von unserer Unterhaltung ausgeschlossen. Sie wirkte auf einmal in sich gekehrt, als wäre sie überhaupt nicht mehr da. Ihr ganzes Erscheinungsbild, ihre Ausstrahlung waren schlagartig verschwunden. So wie sie jetzt dasaß, war sie das krasse Gegenteil von dem, was sie noch vor zehn Minuten gewesen war, als sie sich lebhaft mit Marcel unterhalten hatte.

Kevin stand auf. »Ich muss zu meinen Jungs!«, sagte er, als wäre er 14 und keine neun. Dann streckte er die Hand aus. Lea seufzte. Sie griff in ihren Rucksack und zog einen zerknitterten Fünf-Euro-Schein heraus.

Kevin ließ das Geld in seinem Rucksack verschwinden, schnappte sein Handtuch und nickte uns zu.

»Vielleicht sehen wir uns mal wieder, Alter!«, sagte er zu mir. »Den meisten Typen begegne ich nur ein einziges Mal. Lea ist wählerisch. Aber du bist nett. Wenn ich mal wieder übersetzen soll, gebt mir Bescheid!«

Er stieg über mein Handtuch und machte sich davon.

Schweigen breitete sich aus.

Unschlüssig sahen Lea und ich uns an. Jetzt, wo Kevin weg war, waren wir in unsere übliche Sprachlosigkeit verfallen. Am liebsten hätte ich den kleinen Stinker zurückgepfiffen. Kaum war Kevin nicht mehr da, fielen mir tausend Fragen ein, die ich Lea stellen wollte. Interessantere Fragen als Schule und Studium. Aber es war zu spät.

Lea griff in ihren Rucksack und holte einen Block hervor. Dann schnappte sie sich einen Kugelschreiber.

»Schön, dass du gekommen bist!«, schrieb sie auf und reichte mir den Block.

Ich verlor mich in dem Schriftzug. Sie hatte eine schöne Schrift, kleine, deutliche Buchstaben.

Unsere Unterhaltung war also doch noch nicht am Ende.

»Der Bikini steht dir gut«, schrieb ich auf. Dann strich ich es schnell wieder durch. Wie bescheuert war das denn? Bestimmt dachte sie, ich war nur auf das eine aus, wenn ich so anfing. Außerdem war das ganz schön direkt.

»Gibst du Kevin immer fünf Euro fürs Übersetzen?«, kritzelte ich stattdessen auf den Block. »Das sind doch totale Wucherpreise!!!«

Lea las meinen Kommentar. »Normalerweise kosten Dolmetscher mindestens 40 Euro die Stunde«, schrieb sie darunter. »Und Kevin ist viel besser als die. Außerdem ist er absolut verschwiegen!«

Ich fragte mich, was dieser Knirps alles aus Leas Leben wusste.

»Franzis Mutter flippt immer aus, wenn sie mitkriegt, dass wir ihn zum Übersetzen mitnehmen!«, schrieb Lea auf. »Sie hat Angst, dass wir versaute Dinge vor ihm besprechen!« Sie zeichnete ein Smiley neben den Satz und ich musste lachen.

»Was sind deine Hobbys?«, schrieb ich darunter.

Sie hielt den Kopf schief. »Filme«, kritzelte sie auf das Blatt. »Ich verreise gern. Und ich sammle unnützes Wissen.«

»Unnützes Wissen?« Die Sonne blendete und ich musste blinzeln.

Sie nickte. »Wusstest du zum Beispiel, dass es weltweit nur noch drei Zylindermacher gibt?« Sie malte einen Zylinder neben die Frage.

Ich schüttelte den Kopf. Es gab vermutlich auch nur noch drei Menschen auf diesem Planeten, die Zylinder trugen. Mein Opa hatte einen gehabt, noch von seinem Vater. Aber mein Opa war tot und der Zylinder von Motten zerfressen.

»Hast du schon mit einem Mädchen geschlafen?«, schrieb Lea. Die Frage verschwamm vor meinen Augen. Für einen Moment hatte sie es geschafft, mich aus der Fassung zu bringen. Ob sie immer so mit der Tür ins Haus fiel? Wahrscheinlich musste ich froh sein, dass sie mir die Frage nicht in Kevins Gegenwart gestellt hatte.

Ertappt wich ich ihrem Blick aus. Mich wunderte sowieso, dass sie mich ständig anstarrte. Als hätte sie überhaupt kein Gespür für Distanz.

»Ich hatte schon mal Sex«, schrieb sie weiter, als ginge es um irgendein völlig harmloses Thema. »Es war auf einer Party in Köln. So ein Kulturfestival für taube Jugendliche. Der Typ war auch gehörlos, aber ich habe seinen Namen vergessen. Interessante Erfahrung, aber nicht mehr.« Schon wieder malte sie ein Smiley.

Lea machte mich echt fertig. Ich musste an den Moment in meinem Zimmer denken, als Sandra gesagt hatte, dass sie nicht eifersüchtig war.

Bestimmt würde sie ihre Krallen ausfahren, wenn sie diese Szene jetzt miterleben würde. Wie ich mit Lea halbnackt im Freibad lag und sie mich hemmungslos über mein Sexualleben ausquetschte. Wie sie mir einfach so erzählte, dass sie mit einem wildfremden Typen geschlafen hatte. Ich merkte, dass ich erregt wurde und drehte mich verlegen auf den Bauch.

Dann griff ich nach dem Kugelschreiber. »Habe mit meiner Exfreundin geschlafen«, schrieb ich auf. »Fand es total schön.«

Lea nickte und nahm mir den Stift ab. »Wahrscheinlich, weil ihr beide verliebt wart. Bestimmt ist es dann anders. Das nächste Mal schlafe ich auch mit einem Kerl, den ich wirklich mag.«

Ich sah Lea an. In der Zeit, in der ich mit Sandra zusammen gewesen war, war ich vollkommen auf sie fixiert gewesen. Ich hatte mir so gut wie nie Gedanken darüber gemacht, irgendwann auch mal mit einem anderen Mädchen zu schlafen. Aber das direkte Gespräch, das ich gerade mit Lea führte, drängte mir die Vorstellung regelrecht auf.

Für einen Augenblick stellte ich mir vor, Leas Bikini nach unten zu schieben, meinen Oberkörper auf ihren zu legen. Ich schloss die Augen. Das Sonnenlicht kitzelte meine geschlossenen Augenlider. Was tat ich da? In Wahrheit wollte ich doch zurück zu Sandra. Und Lea war in den göttlichen Marcel verschossen. Mit ihr war also bestenfalls eine Freundschaft möglich. Was ich gerade dachte, hatte allerdings reichlich wenig mit Freundschaft zu tun.

Als ich die Augen wieder öffnete, hielt Lea mir den Block vors Gesicht.

»Liebst du deine Exfreundin noch?«, hatte sie etwas fahrig darauf gekritzelt.

»Ja«, formte ich mit den Lippen.

Ein seltsamer Ausdruck schlich sich in Leas Gesicht. Mitleid? Bedauern? Aber nur für eine Sekunde. Dann warf sie den Block zur Seite und legte sich neben mich. Unsere Köpfe lagen dicht aneinander, unsere Schultern berührten sich. Lea roch gut, nach Urlaub und Sommer und Nivea-Deo. Ich schloss wieder die Augen. Ihr Geruch lullte mich ein. Auf einmal war ich völlig entspannt. Unsere Unterhaltung hatte funktioniert und ich konnte mir durchaus vorstellen, irgendwann richtig mit Lea befreundet zu sein. Sie meinen Eltern vorzustellen, in Gebärdensprache mit ihr zu sprechen und ein paar von den tausend Typen kennenzulernen, auf die sie stand.

Die Sonne brannte herunter, der Sommer war endlich da. Ich lag hier, ganz nah bei Lea, und schlief irgendwann ein.

Als ich wieder aufwachte, war das Freibad fast leer. Ich hatte einen Sonnenbrand im Nacken und Lea war fort. Ihre Decke war weg, der Rucksack verschwunden.

An meiner Tasche klemmte ein Zettel. »Sehen wir uns wieder? Wir beide könnten Freunde werden! Ich glaube, dass ich dich wirklich mag ...«

12 Als ich meine Zimmertür aufschob, traf mich erst mal der Schlag. Quer über meinem Bett lag Calimero, um sich herum hatte er sämtliche Ausgaben von *National Geographic* gestapelt und blätterte darin. Die Hefte gehörten meinem Vater und mir lieh er sie nur äußerst ungern aus. Auf dem Teppich hockte Iris, kämmte ihre Barbie und hörte zum achthundertsten Mal *Benjamin Blümchen rettet die Biber* an. Den Text von Karla Kolumna konnte ich auswendig.

»Abmarsch!«, sagte ich in Richtung meiner Schwester. Beleidigt sah sie auf.

»Abmarsch!«, wiederholte ich. Ich ging zur Anlage, nahm Benjamin Blümchen raus und drückte ihr die CD unsanft in die Hand.

Gelangweilt sah Calimero von den Heften hoch. Er schien es überhaupt nicht seltsam zu finden, nach einem Nachmittag mit meinem Vater auch noch mein restliches Leben zu übernehmen. Er lag da auf meinem Bett, als wäre das sein Zimmer. Als wäre Iris seine kleine Schwester und als wären das die Hefte seines Dads.

»Calimero ist viel lieber als du!«, sagte Iris, als sie sich heulend an mir vorbeizwängte.

»Stimmt«, murmelte ich und warf die Tür hinter ihr zu.

»Warum bist du so mies drauf, Alter?« Calimero gähnte. »Ich steh auf Benjamin Blümchen. Außerdem ist deine Familie nett.

Du musst nicht immer den fiesen Typen raushängen lassen. Dein Vater hat gesagt, du hast dich in letzter Zeit echt verändert.«

»Muss am verunreinigten Trinkwasser liegen«, sagte ich. »Oder hat es vielleicht damit zu tun, dass ich 16 und keine sechs mehr bin? Für Eltern ist das immer schwer zu verkraften!«

Calimero warf das Magazin zur Seite.

»Hören wir auf zu streiten«, sagte er versöhnlich. »Ich will Fakten hören. Sex and Crime. Ach, Crime kannst du meinetwegen auch weglassen.«

»Was für Fakten?« Ich hockte mich neben ihn. Mit der Fernbedienung schaltete ich das Radio ein.

Bevor ich mit Sandra zusammengekommen war, hatten wir das ständig gemacht. Calimero und ich, nebeneinander auf meinem Bett. Wir hatten Musik gehört und Ewigkeiten gequatscht, über ganz schön persönliche Dinge ...

Erst in den letzten Wochen war das weniger geworden. Ich hatte aufgehört, ihn einzuweihen. Vielleicht, weil er vieles einfach nicht mehr nachempfinden konnte. Weil ich merkte, dass unser Leben in unterschiedlichen Bahnen verlief.

»Wo warst du? Außer Basti und mir hast du keine Freunde, also fällt das schon mal weg. Das heißt, du hast den Nachmittag mit einem Mädchen verbracht. Wer war es? Bist du wieder mit Sandra zusammen? Oder warst du bei der heißen Billard-Braut?«

Ich schaltete das Radio lauter. »Video killed the Radio Star!« Ich liebte den Song. Es tat mir irgendwie leid, dass Lea den alten Hit nie würde hören können.

»Ich war mit Lea im Freibad«, sagte ich möglichst neutral. »Sandra hat sich immer noch nicht entschieden. Sie braucht noch Zeit. Aber ich glaube, meine Chancen stehen nicht schlecht.«

Calimero boxte mir gegen die Schulter. »Los, lass mich deine Knutschflecken sehen!«

Ich stieß ihn weg. »Es gibt nichts zu sehen«, sagte ich. »So weit sind wir noch nicht. Außerdem steht das auch gar nicht zur Debatte. Wir beide sind gute Kumpel, mehr nicht.«

»So weit?« Calimero lachte. »Mann, du bist fast volljährig. Jedes zweite Kindergartenkind plagt sich heutzutage mit einer sexuell übertragbaren Krankheit herum. Und du bist noch nicht so weit, das Mädchen zu küssen? Mit Sandra hast du im Freibad ganz andere Dinge als Knutschen gemacht. Ist diese Lea verklemmt oder was?«

»Sie ist gehörlos«, sagte ich.

Calimero schwieg und sein Blick wanderte zu dem Schriftzug mit Sandras Namen hinüber. Ich war nicht sicher, ob er mich überhaupt verstanden hatte.

»Du verarschst mich«, sagte er dann.

Ich schüttelte langsam den Kopf. Irgendwie hatte ich so eine Reaktion befürchtet.

»Sie ist echt ... taub?« Calimero hatte den Kopf wieder zu mir gedreht. »Du stehst auf ein behindertes Mädchen, Bruder? Echt krass!«

»Sie ist nicht behindert«, verteidigte ich Lea. »Sie hört nur nichts. Das ist alles.«

Calimero ließ die Luft aus seinen Lungen entweichen. »Aber das ist ... behindert«, sagte er. »Warum regst du dich auf?«

»Weil ich das Wort ätzend finde!«, fuhr ich ihn an. »Ich betone auch nicht ständig, dass du ein sexueller Spastiker bist.«

»Na danke.«

»Außerdem stehe ich nicht auf sie. Ich mag sie. Ich will mit ihr befreundet sein, das ist alles.«

Wieder verfielen wir in unser Schweigen. Schließlich boxte Calimero mir noch einmal gegen die Schulter. »Mika. Du bist mit einer Frau zusammen, die nicht sprechen kann! Davon träumen Männer weltweit seit Millionen von Jahren.«

Ich fasste es nicht. Warum musste mein bester Freund so ein Volltrottel sein?

»Sie *kann* sprechen«, verbesserte ich. »Es hört sich nur eben seltsam an.«

»Behindert eben«, sagte Calimero.

»Ach, halt's Maul.«

»Weiß Sandra davon?« Irgendetwas an Calimeros Stimme hatte sich verändert. Ich konnte nicht so recht sagen, was.

Hörte ich so etwas wie Hoffnung heraus?

Ich nickte halb. »Sandra weiß, dass wir uns kennengelernt haben. Aber sie hat keine Ahnung, dass ich mich mit dem Mädchen treffe. Sie denkt, weil Lea gehörlos ist, besteht keine Gefahr.«

Calimero kratzte sich an der Stirn. »Und, hat sie recht?«

Eine unangenehme Röte stieg mir ins Gesicht. »Keine Ahnung. Mal sehen.«

»Wie unterhaltet ihr euch?«

Ich seufzte. Der Song war zu Ende und »Smells like Teen Spirit« von Nirvana erklang.

»Heute im Freibad war ein Dolmetscher für Gebärdensprache dabei«, erklärte ich.

»Du nimmst mich auf den Arm, oder?« Calimero sah mich an, als wäre ich restlos übergeschnappt.

»Wieso?«

»Ihr trefft euch zum Rummachen und dann kommt ein Dolmetscher mit? So ein Kerl mit Anzug, Diktiergerät und Aktenmappe?«

»Wir wollten nicht rummachen, sondern uns erst mal kennenlernen.« Ich merkte, wie das Gespräch anfing, mich zu nerven. »Außerdem war das kein richtiger Dolmetscher, sondern so ein kleiner Typ. Ein Neunjähriger eben.«

Calimero brach in schallendes Gelächter aus. »Sorry, aber das ist echt abgefahren. Ich weiß nicht, was ich sagen soll. Meinst du, sie schleppt den Typen auch mit, wenn ihr demnächst im Bett landet? Irgendwie muss sie dir ja sagen, was du machen sollst. Was heißt Sex überhaupt in Gebärdensprache?«

»Du bist so ein Arsch«, sagte ich. Ich nahm mein Kissen und schlug es ihm auf den Kopf. Eine Zeit lang blödelten wir dumm herum, wie wir das früher manchmal gemacht hatten.

Aber auf einmal wurde die Situation peinlich und wir hörten schlagartig auf. Verlegen rückten wir auseinander.

»Mal im Ernst«, sagte Calimero, völlig außer Puste. »Was machst du, wenn sie mal mehr als nur reden möchte? Wenn sie dir an die Eier will, verstehst du?«

Der Typ konnte einen wirklich zur Weißglut bringen. »Weißt du, Calimero, beim Sex muss man nicht ständig labern.« Ich nahm das Kopfkissen und warf es aus dem Bett. »Man kann auch mal die Klappe halten und sich auf die Sache konzentrieren. Es gibt Leute, die reden ständig über Sex, und es gibt Leute, die machen es einfach. Mir ist lieber zu wissen, wie man es macht, als mir den Kopf darüber zu zerbrechen, wie man darüber redet.«

»Der Experte spricht«, spottete Calimero.

Ich zog die Schultern hoch. »Ich habe übrigens mit Sandra geschlafen. Wollte es dir schon längst sagen, aber es gab nie eine Gelegenheit.«

Im gleichen Moment, als ich es aussprach, bereute ich es auch schon wieder. Ich sprang vom Bett runter und ging zur Musik-Anlage. Ich schob eine CD ein, die mir mein Vater zum letzten Geburtstag geschenkt hatte. Patti Smith. Eigentlich ganz gut.

»Ich geh dann.«

Calimero hatte sich erhoben. Er wirkte vor den Kopf gestoßen.

Die alte Vertrautheit war dahin. Mein Angriff tat mir leid, aber es war nicht mehr rückgängig zu machen. Ich wusste ganz genau, wie sehr Calimero darunter litt, dass er noch nie bei einem Mädchen gelandet war. Mehr als langweiliges Händchenhalten war bei ihm nie passiert. Außerdem hatte ich damit deutlich gemacht, wie wenig ich ihn in mein Leben einweihte. Wir hatten uns in nur wenigen Wochen Lichtjahre voneinander entfernt.

»Die Hefte räume ich auf«, sagte ich leise, als er anfing, die Magazine zusammenzupacken.

»Danke.« Er schnappte sich seinen Rucksack und ging in Richtung Tür. Irgendwie klang er verärgert. Mich frustrierte, dass das Gespräch so heftig geendet hatte. Es gab einiges, über das ich gerne mit Calimero gesprochen hätte. In Wahrheit hatte ich ziemlichen Redebedarf.

»Ich lerne übrigens Gebärdensprache«, sagte ich eilig. »In den Sommerferien. Montag bis Freitag jeden Nachmittag. Wollte ich dir auch sagen, aber ich habe die Kurve einfach nicht gekriegt.«

Calimero nickte nachdenklich. »Gibt es vielleicht noch mehr Kleinigkeiten, die du mir verschwiegen hast? Ruf mich an, wenn du wieder normal geworden bist, Mika.«

Er schob die Tür auf und ich hörte ihn die Treppe nach unten gehen.

13 Als die anderen nach draußen verschwunden waren, ging ich vor an die Tafel. Bine wischte mit einem stinkenden Schwamm ihre Aufzeichnungen weg. Sie sah schlecht aus heute, als hätte sie schon wieder geheult.

»Hast du Leas Adresse?« Ich sah sie fragend an.

Bine runzelte die Stirn. »Nein. Warum?«

Warum, warum. Weil ich sie wiedersehen wollte. Weil eine Freundschaft nur entstehen konnte, wenn man sie pflegte. Seit unserem Treffen vor elf Tagen hatte ich Lea nicht mehr gesehen.

»Ich war mit ihr vor einiger Zeit im Freibad und sie wollte mich wiedersehen. Allerdings hat sie sich nicht mehr gerührt. Auf meine SMS meldet sie sich nicht und auch nicht auf meine E-Mails.«

»Kein guter Plan, sie zu Hause zu überfallen.« Bine sah mich nachdenklich an.

»Ich will sie ja nicht überfallen«, stotterte ich. »Ich will sie besuchen. Ich habe riesige Fortschritte in Gebärdensprache gemacht.«

Bine lächelte schwach. »Übertreib mal nicht. Nur weil du inzwischen ein Frühstücksei bestellen kannst, heißt das noch lange nicht, dass ein normales Gespräch möglich ist.«

»Ja, schon klar. Ich würde sie wirklich gern wiedersehen.«

Bine seufzte. »Sie hasst es, Leute in ihre Familie mitzunehmen.«

»Woher weißt du das?«

»Ich weiß es eben. Sie hat es mal erwähnt.«

Bine kritzelte mir eine Adresse auf einen Zettel.

»Ist sie das?«

Sie schüttelte den Kopf. »Nein. Da wohnt Tommek. Er weiß ganz sicher, wo Lea lebt. Aber dir sollte klar sein, dass sie dich dafür nicht gerade lieben wird.« Eine steile Falte war auf Bines Stirn zu sehen, sie sah ziemlich erledigt aus.

»Geht es dir gut?« Ich sah Bine mitleidig an.

Sie schüttelte den Kopf. »Männer sind Schweine«, sagte sie. Dann drehte sie sich um und wischte weiter die Tafel.

● ● ●

Ich stand verloren vor dem heruntergekommenen Haus. Im zweiten Stock war das Fenster geöffnet und laute Schlagzeug-klänge drangen heraus. Im dritten Stock hatte jemand ein Transparent ins Freie gehängt: »Gott ist nicht tot. Er ist nur eingeschlafen!« Den Spruch kapierte ich nicht. Sollte das wit-zig sein? Ich guckte auf die Klingelleiste. Thomas Rautenbach. Er hieß gar nicht wirklich Tommek. Das war sein Spitzname. Ich drückte auf den Knopf.

Tommeks roter Wuschelkopf tauchte im Fenster auf. Erst schien er mich gar nicht zu erkennen. Aber dann fiel der Gro-schen. »Ach, du bist's! Hoffe, du arbeitest nicht seit Neuestem bei der Hausverwaltung!«

Ich schüttelte sinnlos den Kopf. Der Summer ging und ich stieß die Tür auf. Überall im Flur klebten Plakate von Konzerten und Demonstrationen. Anti-Rassismus, Anti-Spitzelstaat, Anti-Atom.

Auf dem Weg in den zweiten Stock entdeckte ich ein Plakat von den *Coloured Pieces*. Ich dachte an Sandra und mein Herz wurde schwer. Es herrschte komplette Funkstille. Nicht eine SMS hatte sie mir seit ihrer belanglosen Rundmail von vor zwei Wochen geschrieben. Unsere Trennung dauerte inzwischen die fünfte Woche an.

»Komm rein!« Tommek hielt mir die Tür auf. In der Wohnung roch es heftig nach Curry, der ganze Flur war mit Zeitungsausschnitten über seltsame Ereignisse tapeziert. »Indisches Mädchen mit Hund verheiratet«, »Frau das falsche Bein amputiert!«, »Durchschnittsdeutscher hat zweimal die Woche Sex«.

Tommek grinste. »Unser Kuriositätenflur. Wenn du einen echt unglaubwürdigen Artikel entdeckst, kannst ihn mir geben.«

Wir liefen an einem selbst gezimmerten Tisch vorbei, auf dem ein paar verwelkte Blumen in einer Vase hingen. Tommek schob mich in sein Zimmer. Überall waren Regale voller DVDs aufgebaut. Über dem Bett war ein Beamer angebracht. Ein weißes Bettlaken diente als Leinwand.

»Wow!« Ich sah mich beeindruckt um.

»Ich bin Cineast. Ein echter Filme-Sammler«, sagte Tommek und zog die Schultern hoch. »Vor allem Independent Filme und so. Fahre auf Tauschbörsen. Wenn du eine Filmempfehlung willst, kann ich dir gerne weiterhelfen! Lea war auch schon ein paarmal hier.«

Erleichtert sah ich Tommek an.

»Deshalb bin ich hier. Hast du zufällig Leas Adresse?«

Tommek rieb sich über die Augenbraue. Dann lief er zu einem Schreibtisch, der unter einem Berg Notizzettel und Stapeln von Büchern und Zeitungen komplett verschwunden war.

Das ganze Zimmer sah aus wie eine dieser Messi-Wohnungen, die sie manchmal im Fernsehen brachten. Alles war irgendwie eingestaubt, nur der Beamer war neu.

»Was willst du denn damit?« Er suchte in dem Chaos herum, warf ein paar Kataloge, die für internationalen Friedensdienst warben, auf den Boden und tastete die Schreibtischschublade ab.

»Wollte sie mal besuchen.«

Tommek sah mich erstaunt an. »Überraschend?«

Ich nickte.

Er hatte den Zettel gefunden und reichte ihn mir. »Eigentlich sollte ich dir die Info gar nicht geben.«

»Wieso?« Ich setzte mich auf einen völlig ausgebeulten Sitzsack und versank beinahe darin.

»Na ja, weiß ja nicht, ob sie dich sehen möchte.«

»Ich will sie aber sehen«, klärte ich ihn auf.

Er nickte, sagte aber nichts dazu.

»Bring ihr den Film mit!«, meinte Tommek schließlich und reichte mir eine Hülle. Darin war eine nagelneue Raubkopie.

Ich sah den Titel an. *Die Träumer.* »Wovon handelt der?«

Tommek stieß einen Stapel Papier von seinem Schreibtisch und setzte sich darauf. »Liebe. Besessenheit. Großes Kino. Schwer zusammenzufassen.«

Großes Kino. Bei dem Ausspruch musste ich sofort wieder an Sandra denken. Sie sagte das manchmal. Für Geschichten, die übernatürlich romantisch waren. »Das war ganz großes Kino, zwischen Sven und Lisa.« Oder: »Der Abend. Ganz großes Kino, wenn du mich fragst!«

Mir hatte er immer gefallen, dieser Satz mit dem ganz großen Kino. Jetzt machte er mich traurig auf eine seltsame Art.

Ich steckte die Hülle ein.

»Lea liebt französische Filme.« Tommek ließ die Beine baumeln. »Sie ist ehrlich gesagt verrückt danach. *Die Liebenden von Pont-Neuf, Der Swimmingpool, Drei Farben: Blau* ... ich habe sie ihr alle geliehen.«

Keiner der Filme sagte mir was. Hatte ich überhaupt schon mal einen französischen Film gesehen? Warum liebte sie französische Filme, wo sie doch nicht mal die Sprache verstand?

»Schwere Kost«, sagte Tommek. »Die Filme treffen nicht gerade den Nerv von jedem. Aber wenigstens haben alle deutsche Untertitel. Weißt du, es ist irgendwie schräg. Aber die deutschen Serien und Filme haben selten Untertitel. Im Fernsehen sowieso nicht, aber meistens auch nicht auf DVD. Es bleibt Lea also gar nichts anderes übrig, als sich auf fremdsprachige Filme zu konzentrieren!«

Schwere Kost. Bestimmt würden mir Leas Filme gar nicht gefallen. Mit Sandras Filmgeschmack konnte ich schon eher was anfangen. *Liebe braucht keine Ferien, Die Braut, die sich nicht traut, E-Mail für dich.* Es war mir nie schwergefallen, den richtigen Streifen für sie auszuwählen.

»Willst du auch was mitnehmen?« Tommek sah mich fragend an.

Überfordert zog ich die Schultern hoch.

Tommek sprang vom Schreibtisch herunter und suchte sein Regal ab. Dann nickte er. »Das ist deiner. Garantiert.«

Er warf mir eine Original-Hülle zu. »*Gottes vergessene Kinder.* Hat 1987 den Oscar gekriegt.«

Ich steckte ihn zu dem anderen Film in meine Tasche. Der Titel sagte mir nichts.

»Wie kommst du mit der Gebärdensprache voran?«

Tommek lehnte an seinem Regal, das unter der Belastung gefährlich schwankte.

»Gut.« Ich sah auf meine Hände hinab. »Wir sind schon bei den Essensvokabeln angelangt.«

»Ehrlich? Kannst du schon ein paar ganze Sätze bilden?« Ich nickte.

Tommek sah mich nachdenklich an. »Weißt du, ich will dir nicht deine Illusionen rauben. Aber ich sag dir was, weil ich dich irgendwie nett finde und so.«

Es wurde auf einmal still im Zimmer. Der Musiker unter uns hämmerte monoton auf sein Schlagzeug ein. Es hörte sich an, als wäre er in diesem einen Modus hängen geblieben.

Bumbumbumbum.

»Es genügt nicht, einfach diese Sprache zu beherrschen.«

Bumbumbumbum.

Ich hatte null Ahnung, was Tommek mir sagen wollte.

»Gehörlose, das ist eine Welt für sich.« Tommek sah an mir vorbei, sein Blick verfing sich auf dem Poster neben der Tür. Ein Filmplakat aus den 70er Jahren. Aliens fielen über einen Erdenbewohner her.

»Gehörlosigkeit, das ist eine eigene Kultur. Die Umgangsformen, die schulische Ausbildung, der Freizeitaspekt. Die Sprache, das ist nur ein winziger Teil ihres Lebens.«

Bumbumbumbum.

Immer noch begriff ich nicht, was Tommek meinte. Ich stand langsam vom Sitzsack auf.

»Danke. Für die Adresse und den Film. Ich gebe ihn dir bald wieder zurück.«

Er nickte. »Am 31. August veranstalte ich im Garten vom Freak City eine Open-Air-Kinoveranstaltung. Vielleicht kommt

ihr beide, Lea und du. Ich nehme extra einen Film mit Untertiteln.«

»O. K.« Der Schlagzeuger unter uns hatte einen anderen
Rhythmus angeschlagen. Es klang, als würde durch eine riesige
seelenlose Maschine der immer gleiche Ton entstehen.

15

Die Frau in der Tür sah nett aus. Sie war deutlich älter als meine Mutter und trug eine brave Frisur, wie die Moderatorinnen von Volksmusiksendungen. Ihre Hände waren voller Erde, offenbar hatte ich sie aus dem Garten geholt.

»Ich möchte zu Ihrer Tochter«, sagte ich. Verwundert sah sie mich an.

Dann drehte sie sich um. »Cindy?«

Erschrocken räusperte ich mich.

»Nein, nicht Cindy. Ich bin wegen Lea hier.« Einen Moment lang überlegte ich, ob Tommek mir vielleicht die falsche Adresse gegeben hatte.

Das Mädchen mit dem Namen Cindy kam die Treppe heruntergaloppiert.

»Was ist los?«

Ich musterte sie. Lea hatte im Freibad recht abfällig von ihrer Schwester gesprochen. Eigentlich sah sie aber ganz sympathisch aus. Wie eine ältere Version von Lea. Sie war etwa zwanzig, ihre Locken waren seitlich gescheitelt und mit einer großen Spange am Hinterkopf festgemacht. Ihre Klamotten waren ziemlich chick. Schwarze Hose, Bluse und Blazer dazu. Bestimmt arbeitete sie in einer Bank.

»Verwechslung«, murmelte Leas Mutter in Richtung der jungen Frau. »Er ...«, sie sah mich irgendwie misstrauisch an, »... wollte Lea besuchen.«

»Aha.« Cindy fuhr sich mit der Fingerspitze die Mundwinkel entlang. Sie hatte sich wohl eben die Lippen frisch geschminkt, denn an ihrer Fingerspitze blieb ein winziger Rest Lippenstift kleben. Es sah aus, als hätte sie in einen Topf rote Farbe gefasst.

Es war ein komisches Bild, die Mutter, mit ihren erdigen Händen – und daneben die Tochter mit den roten Fingern, und beide starrten mich an.

»Lea ist noch unterwegs. Aber du kannst gern zum Mittagessen bleiben. In einer Viertelstunde gibt es was. Wir freuen uns immer über unerwartete Gäste!« Die Mutter lächelte aufmunternd.

Etwas eingeschüchtert trat ich ein. Auf einmal kam mir die Idee, Lea zu Hause zu besuchen, doch nicht mehr so gelungen vor. Was würde sie denken, wenn sie mich hier plötzlich inmitten ihrer Familie traf?

Aber ihre Mutter hatte mich bereits sanft an der Schulter gefasst und dirigierte mich in Richtung Küche.

»Du kannst das Ratatouille umrühren«, befahl sie fröhlich. »Ich muss noch eben die Orchidee einsetzen, bin aber gleich zurück.«

Neugierig sah ich mich um. Die Küche sah gemütlich aus, wie überhaupt das ganze Haus. Eine nette, behagliche Atmosphäre. Ich wunderte mich ehrlich, warum Lea so gleichgültig über ihre Familie gesprochen hatte.

»Und, wird das Essen was?« Cindy war hinter mich getreten. Sie strömte einen starken Geruch nach Parfüm aus. Ein teurer Duft, der mich an Sandra erinnerte. Cindy nahm mir einfach den Kochlöffel ab und begann nun selbst, im Ratatouille zu rühren.

»Wo hast du meine kleine Schwester kennengelernt?« Sie riss sich ein Stück Weißbrot ab und tunkte es in den dampfenden Topf.

»In einem Café. Es heißt Freak City.«

»Aha. Wusste gar nicht, dass die Kleine in Cafés abhängt!« Cindy zwinkerte mir zu.

»Sie isst dort immer zu Mittag«, klärte ich sie auf.

»Ehrlich?« Cindy zog die Augenbrauen hoch. »Dachte, sie isst in der Schule was. Ich gehe in der Mittagspause immer nach Hause. Mache übrigens eine Ausbildung in einer Bank.«

Ich nickte. Genau das hatte ich bereits befürchtet.

»Und du? Schon fertig mit der Schule?« Ich kam mir langsam vor wie bei einem Verhör.

Ich schüttelte den Kopf. »Habe noch ein Jahr Realschule vor mir.«

Cindy tunkte schon wieder Brot in den Topf. Wenn sie so weitermachte, war das Essen alle, bevor es auf dem Tisch stand. Jetzt hatte sie sich die Zunge verbrannt. Sie fluchte leise.

»Lea ist auch in einem Jahr fertig.« Sie sah mich aus großen grünen Augen an. Die gleichen Augen wie Lea, derselbe intensive Blick. »Mein Vater hat ihr schon jetzt einen Ausbildungsplatz organisiert. Eine echt gute Sache. Ich kenne so viele, die ohne Arbeit sind! Ich musste mich um meinen Job ganz alleine kümmern.«

Ich biss mir auf die Lippe. »Eigentlich will sie ja studieren«, sagte ich. »Hat sie nichts davon erzählt?«

Cindy hob die Schultern an. »Mal ehrlich, wie soll das funktionieren? Erstens kann sie als Gehörlose nur Fachabitur machen und das ist bloß an vier Schulen in Deutschland möglich. Zweitens bräuchte sie einen ganzen Stab Dolmetscher, der sie in die Uni begleitet. Aber es gibt zu wenige und es ist auch irre aufwendig. Und überhaupt, was wäre danach? Ich meine, wer würde sie einstellen? Eine gehörlose Psychologin! Es ist wichtig, dass Lea unabhängig wird, ihr eigenes Geld verdient, sich ein Leben aufbaut. Glücklich wird. Verstehst du, was ich meine?«

Es klang irgendwie plausibel, was Cindy da sagte. Auf der anderen Seite erwartete von ihr aber auch keiner, dass sie ihren schicken Anzug ablegte und den Rest ihrer Tage in einer Fabrik für Plastik verbrachte.

Es klingelte und über uns blitzte ein greller Lichtstrahl auf. Gleichzeitig wurde ein Schlüssel ins Schloss geschoben.

Ich sah irritiert zur Decke.

»Das ist die Signalanlage«, erklärte Cindy. »Lea hört ja nicht, wenn jemand an der Tür ist. Wenn einer läutet, gehen gleichzeitig überall im Haus die Lichtsignale an. Wir haben uns angewöhnt, alle immer zu klingeln, damit sie mitkriegt, wenn jemand nach Hause kommt.«

»Aha.« Mein Blick war immer noch auf die Zimmerdecke gerichtet.

»Mahlzeit!« Ein älterer Herr steckte den Kopf zur Tür herein. Er trug einen beeindruckenden grauen Vollbart und hatte eine ziemlich kräftige Statur.

»Hi Papa. Wir haben Besuch!«

Der Mann nickte mir zu. »Ein Kollege aus der Bank?« Sein Blick wanderte über meine Jeans und blieb an meinen dreckverkrusteten Turnschuhen kleben.

»Ein Freund von Lea!«, klärte Cindy die Situation auf. Sie betonte die Worte seltsam, als hätte ihr Vater ein drastisches Verständnisproblem.

Die Mutter kam endlich aus dem Garten zurück.

»Schatz, du bist schon da! Dann können wir ja gleich essen. Die Kleine ist jeden Augenblick zurück.«

Jeder hier nannte Lea Kleine. Ich fand das nett. Sie schien das Nesthäkchen der Familie zu sein.

»Wo hast du unsere Tochter überhaupt kennengelernt?«, fragte die Mutter. In ihrer Stimme lag immer noch eine Spur Misstrauen. Was Lea betraf, war sie offenbar ziemlich besorgt.

»In einem Café«, antwortete Cindy für mich. »Hätte man gar nicht gedacht von unserer Kleinen!«

Leas Mutter und ihre Schwester sahen mich an, als wollten sie noch etwas hinzufügen. Aber es kam nichts. Stattdessen nahm die Mutter Besteck aus dem Schrank.

»Kannst du Gebärdensprache?«, fragte Cindy schließlich. Die Frage hatte ich befürchtet. Bestimmt würden sie sich gleich alle totlachen über mich. Wenn Lea erst da war und ich wie ein stummer Fisch am Tisch sitzen würde. Mit meinen paar Brocken musste ich mich zwangsweise schrecklich blamieren.

»Ich mache gerade einen Intensivkurs«, murmelte ich. »An der Uni, jeden Nachmittag.«

»Sieh an«, sagte die Mutter. Sie begann, den Tisch zu decken. »An der Uni kann man das also lernen. Wusste ich gar nicht. Ich dachte das geht nur über die VHS.«

Der Vater zwängte sich hinter die Eckbank. Seine älteste Tochter setzte sich neben ihn.

Der Schlüssel ging erneut. Ich setzte ein verkrampftes Lächeln auf. Wir hatten uns gut verstanden im Freibad, Lea und ich. Und sie wollte mich wiedersehen, das hatte sie selbst gesagt.

Aber Tommek und Bine hatten recht gehabt mit ihrer Befürchtung. Als Lea in die Küche trat, wich ihr für einen Moment jegliche Farbe aus dem Gesicht. Sie sah mich an wie eine Erscheinung. Nicht wie eine Heiligenerscheinung, sondern als hätte sie einen plötzlichen Horrortrip.

»Sorry«, formte ich mit den Händen. »Ich wollte dich wiedersehen! Du hast dich nicht mehr gemeldet seit unserem Treffen.«

»Weil Franzi Probleme hatte!«, erklärte sie überlangsam in Gebärdensprache. Jeder Faser ihres Körpers merkte man an, dass sie zornig war und dass ihr mein Besuch hier überhaupt nicht passte. Wütend fuhr sie fort, auf mich einzureden. »Woher hast du meine Adresse?«, fragte sie.

»Von Tommek«, antwortete ich holpernd mit den Händen und reichte ihr den Film. Das schien sie nicht zu besänftigen.

»Jeder weiß, dass ich nicht will, dass jemand mich zu Hause besucht!«, sagte sie und ihre Gebärden schienen mit jeder Sekunde härter zu werden. Ich verstand nicht jedes Wort, sondern bastelte mir den Inhalt mühsam aus den bekannten Gebärden zusammen. Sie wurde immer schneller. Beim nächsten Satz verlor ich den Faden schließlich ganz. Ich kapierte überhaupt nicht mehr, worum es ging. Sie gebärdete viel zu aufgebracht und ohne eine einzige Pause. Ich konnte ihr absolut nicht mehr folgen. Hilflos sah ich ihre Mutter an.

Die zuckte bedauernd mit den Schultern.

Cindy kicherte. »Ich verstehe ja nicht, was sie sagt. Aber deine Anwesenheit scheint sie nicht wirklich zu freuen.«

Ich wandte mich von Lea ab und glotzte Cindy ungläubig an. Etwas, was sie da eben gesagt hatte, riss mich aus der hässlichen Szene mit Lea, die immer noch auf mich einschimpfte, als hätte ich ihr sonst was angetan.

»Du kannst keine Gebärdensprache?« Ich sah Leas Schwester fassungslos an.

Lea stampfte mit dem Fuß auf. Mein Blick glitt wieder zu ihr zurück. Sie formte das Wort »Gebärdensprache«. »Sprich in Gebärdensprache!«, befahl sie mir mit den Händen und funkelte mich aufgebracht an.

Verwirrt sah ich in Richtung ihrer Mutter.

»Tut mir leid.« Sie lächelte sanft. »Wir sprechen alle keine Gebärdensprache. Ich dachte, Lea hätte dir das gesagt.«

Schon wieder stampfte Lea mit dem Fuß auf. Sie bekam nicht mit, worum sich das Gespräch drehte. Vielleicht dachte sie, wir würden uns über sie unterhalten.

»Sollen wir in den Garten gehen?« Ich warf Lea einen flehenden Blick zu. Ich wollte für einen Moment mit ihr allein sein, im Freien, und die Situation klären.

Leas grüne Augen machten dicht. Sie starrte mich an, als wären wir Fremde. »Wie kannst du jetzt an Spiele denken?«, fuhren mich ihre Hände an. »Ist es das, was du denkst? Dass mein ganzes Leben ein lustiges Spiel ist?«

Wir sprachen offenbar aneinander vorbei. Ich kapierte nicht, was sie mir sagen wollte. Irgendein Wort hatte ich falsch übersetzt. Garten ... Garten ...

Der Schweiß trat mir auf die Stirn, die ganze Situation schien mir auf einmal unwirklich und grotesk. Ich stand hier mit einem Mädchen, das sich nicht mit seiner eigenen Familie unterhalten konnte. Das sich nicht mit mir unterhalten konnte. Das mich anfeindete, weil ich vorgeschlagen hatte, gemeinsam in den Garten zu fliehen.

Jetzt fiel es mir ein. Ich hatte statt der Gebärde für Garten die Gebärde für Spiel benutzt. Nein, ein lustiges Spiel war Leas

Leben sicher nicht. Aber es war zu kompliziert, das Missverständnis zu erklären.

Verdattert setzte ich mich. Es war mir egal, dass Lea immer noch mit den Händen auf mich einredete wie ein Wasserfall. Es war mir egal, dass ihre Eltern und ihre Schwester mich beäugten, als wäre ich ein besonders hoffnungsloser Fall. Ich hockte einfach da und betete, dass mir jemand eine Schüssel mit Ratatouille vor die Nase stellte.

Der Vater stand ruckartig auf. »Jetzt beruhig dich wieder!«, knurrte er seine gehörlose Tochter an. »Der junge Mann hat es nur gut gemeint. Das ist ja nicht auszuhalten!«

Lea reagierte überhaupt nicht. Sie hatte nicht einmal mitbekommen, dass ihr Vater gesprochen hatte, sondern nur seinen wütenden Blick gesehen. Wegen dem Bart konnte sie nicht erkennen, dass sich seine Lippen bewegten.

Ihr Vater trat neben seine Frau und schaufelte genervt Ratatouille auf die Teller.

»Jetzt essen wir erst mal was, sie wird sich dann schon wieder beruhigen!« Er nickte mir entschuldigend zu. »Sie ist unsere Kleine, unser Nachzügler. Wir haben ihr in der Vergangenheit immer alles durchgehen lassen. Sie weiß manchmal einfach nicht, wie man sich benimmt.«

Mutter und Schwester sahen sich wissend an. »Leas Wutanfälle sind berühmt-berüchtigt!«, sagte Cindy. »Einmal hat ihr ein Restaurant-Chef sogar Hausverbot erteilt!«

Die Mutter nickte. »Dabei war es ein Missverständnis. Weiter nichts.«

Leas Blick raste zwischen den Gesichtern der Anwesenden hin und her, ihre Augen schraubten sich für Sekunden an den auf- und zuklappenden Mündern fest, um im nächsten Moment auch schon wieder auf dem Gesicht der nächsten Person zu landen. Dabei wirkte sie, als würde sie jeden Moment in Tränen ausbrechen.

Sie hatte aufgehört, mich gestenreich zu beschimpfen, und ignorierte mich jetzt. Alle Energie schien aus ihr gewichen zu sein. Es machte den Eindruck, als wäre sie völlig leer. Sie setzte sich neben mich, vermied es aber, mir auch nur einen Blick zuzuwerfen.

»Also, erzähl mal was von dir!«, sagte Leas Mutter freundlich und fing an zu essen. »Bist du aus München?«

Lea neben mir schaufelte das Essen nur so in sich hinein. Ihr Blick war auf die veilchenblaue Tischdecke geheftet.

Ich antwortete bedrückt.

»Salz fehlt!«, sagte Cindy und sprang auf. Leas Mutter klopfte auf den Tisch. Lea sah hoch.

Ihre Mutter machte eine Bewegung mit den Fingern. Als würde sie Salz über etwas streuen. »Salz?«, fragte sie. »Willst du Salz? Salz, mein Liebling?«

Lea nickte stumm.

»Die Verständigung klappt ganz gut«, sagte Leas Mutter in meine Richtung. »Es geht auch ohne Gebärdensprache. Sie kann sehr viel von den Lippen lesen, gerade bei mir. Die Ärzte haben uns das damals dringend empfohlen. Es bringt ja nichts, wenn die Gehörlosen sich abschotten und sich nur in ihrer eigenen Welt bewegen. Langfristig müssen sie in einer hörenden Umwelt bestehen!«

Ich sah auf und mein Blick verfing sich im Bart von Leas Vater.

»Heute in der Bank ist der absolute Hammer passiert!«, sprudelte es aus Cindy heraus. »Ich habe euch doch von dem Praktikanten erzählt, den wir nur genommen haben, weil er der Neffe unseres wichtigsten Kunden ist?«

Alle hingen an Cindys Lippen. Sie erzählte eine Anekdote von ihrer Arbeit. Der Praktikant hatte einen Tresorschlüssel versehentlich in der Toilette versenkt. Als sie geendet hatte, lachten die Eltern schallend.

»Sachen gibt's!«, sagte die Mutter.

»Das kannst du laut sagen!«, antwortete der Vater.

Leas Blick war immer noch auf die Tischdecke gesenkt.

Das Essen war zu Ende und ich stand auf.

»Gehst du schon?« Leas Mutter sah mich ein bisschen traurig an. »Wollt ihr euren Streit nicht noch gemeinsam besprechen?«

Ich sah auf Lea hinunter. Sie saß da, starrte auf die Tischdecke und bewegte sich nicht. Ich erkannte sie überhaupt nicht mehr wieder.

»Ein anderes Mal«, sagte ich. Ich berührte zum Abschied zaghaft ihre Schulter und ging.

Der Besuch hatte in einem absoluten Desaster geendet.

Draußen griff ich nach meinem Handy.

»Es tut mir leid!«, tippte ich auf das Display. Bestimmt drei-, viermal.

Nach fünf Minuten erreichte mich Leas Antwort.

»Verstehst du jetzt, warum ich nicht wollte, dass du zu mir kommst?«

Ich verstand es.

Ich verstand alles.

Später schrieb sie mir noch einmal.

»Schon mal vom Lazarus-Phänomen gehört?«

Ich antwortete mit Nein.

»Das ist, wenn Leute von den Ärzten für tot erklärt werden. Und dann erwachen sie plötzlich wieder zum Leben. Gab es auf der ganzen Welt bisher gerade mal zwölf Mal.«

15 Meine Mutter lag in ihrem neuen Ikea-Liegestuhl im Garten und war in eine ihrer grellbunten Zeitschriften vertieft. »Prinz Frederik von Dänemark hat seinen Ehering beim Tauchen verloren.« Sie sah zu mir auf. »Blöd, oder?«

Ich musste an den versenkten Tresorschlüssel denken. An Lea, die diese Geschichte nie erfahren würde, für die diese Geschichte ein reines Auf- und Zuklappen von Mündern blieb.

Meine Mutter lächelte. Die Sonne spielte in ihrem Gesicht, in dem T-Shirt und den kurzen Hosen sah sie auf einmal wie ein junges Mädchen aus.

»Blöd, ja.«

Die Sommerferien waren eine ungünstige Zeit für den Partyservice. Außer ein paar Gartenfesten war überhaupt nichts los. Die Hochzeiten, die Betriebsfeste und Jubiläen wurden eher im Frühjahr und Herbst gefeiert. Jetzt im August war so gut wie jeder weg. Meine Mutter hatte wenig zu tun und sie hing die meiste Zeit im Garten oder bei ihren Freundinnen ab. Und Sandra hatte immer noch nicht angerufen.

»Wo ist Papa?«

»Mit Jutta beim Klettern. Stell dir vor, er will mir eine neue Küche kaufen. Mit allem, was so dazugehört. Sogar ein Kühlschrank mit Eiswürfelmaschine.«

Ich sah hoch in Richtung Sonne. Es war heiß, zu heiß für meinen Geschmack. »Wieso? Eine neue Küche. Ich meine ...«

»Die alte haben wir seit fast dreizehn Jahren. Ich will endlich einen modernen Herd. Außerdem genügend Platz für meine ganzen Schüsseln. Nächste Woche haben wir einen Termin im Möbelhaus.«

Immer noch sah ich die Sonne an. Wahnsinn. In fünf Milliarden Jahren würde sie zu einem roten Riesenstern werden und die Erde einfach verschlucken. Aber bis dahin waren wir sowieso alle weg. Unser kleines Reihenhaus, der Ikea-Stuhl und die neue Küche.

»Wolltet ihr nicht immer mal nach Finnland?«

Meine Mutter schob ihre Sonnenbrille ins Haar.

»Wie kommst du jetzt ausgerechnet darauf?«

»Ihr könntet das Geld für eine Reise hernehmen. In den nächsten Sommerferien. Sechs Wochen nach Finnland. Bis dahin ist Iris auch älter und ich passe auf sie auf.«

Meine Mutter runzelte die Stirn. »Du hast aber komische Ideen.«

Wir schwiegen. Es war zu heiß, um weiter über Finnland zu diskutieren.

»In der Post war übrigens ein Brief für dich. In München abgestempelt.« Sie sah mich neugierig an. »Vielleicht von Sandra? Sieht nach ihrer Handschrift aus. Herrscht denn immer noch Funkstille zwischen euch?«

Ich seufzte. Dank ihrer besten Freundin war meine Mutter mal wieder perfekt informiert.

Erst vor zwei Tagen hatte sie lauter Fotos von Sandra und mir entwickelt, angeblich nur, weil sie bislang nicht dazu gekommen war. Die Bilder hatten wie zufällig auf dem Tisch gelegen.

»Na ja, sie hat sich seit Iris' Geburtstag nur noch einmal gemeldet. Hat aber auch viel zu tun, wegen der neuen Band.«

Meine Mutter nickte und sah mich lauernd an. Es schien, als wollte sie in meinem Gesicht nach weiteren Antworten suchen.

»Wo liegt er?«

»Wer?«

»Na, der Brief.« Ich blinzelte. Die Sonne kitzelte mein Gesicht.

»Auf deinem Bett.«

Na prima. Gab es eigentlich einen Menschen, der mein Zimmer nicht nach Lust und Laune betrat? Ich sollte mir endlich einen Schlüssel organisieren. Mein Vater war dagegen. Er wollte keine Familie, die sich gegenseitig aussperrte, wie er es umschrieb. Offenbar war er nie 16 gewesen und hatte auch nie eine Intimsphäre gebraucht.

»Was ist überhaupt mit Calimero? Habt ihr Streit?« Wieder hatte meine Mutter ihren Scanner-Blick aufgesetzt.

»Ist im Urlaub«, murmelte ich. Das war nicht mal gelogen. Calimero war kurz entschlossen mit seiner Mutter nach Spanien gereist. Mir hatte er nur eine SMS geschrieben.

Ich ließ meine Mutter allein mit ihren Hochglanzmagazinen im Garten zurück und machte mich auf in mein Zimmer. Auf dem gemachten Bett lag der Brief. Es war ein schlichtes Kuvert aus grauem Papier, aber die Handschrift erkannte ich sofort. Nicht Sandra, sondern Lea hatte mir geschrieben. Wer hatte ihr meine Adresse gegeben? Vermutlich Bine.

Meine Augen rasten über die Zeilen. Noch nie vorher hatte mir jemand einen so langen und ernsten Brief geschrieben.

Als ich fertig war, legte ich mich aufs Bett und begann noch mal von vorne. Mein Herz schlug plötzlich verdächtig schnell, dabei hatte Lea mir lauter harmlose Dinge berichtet.

»Lieber Mika,

ich möchte den Brief mit einer Entschuldigung beginnen. Es
tut mir leid, dass ich dich bei mir zu Hause so angegriffen habe.
Dein unerwarteter Besuch hat mich total überrumpelt, denn
damit habe ich überhaupt nicht gerechnet. Normalerweise mag
ich es nicht, dass mich jemand innerhalb meiner Familie erlebt.
Ich liebe sie alle sehr, aber oft fühle ich mich ausgeschlossen und
nicht ernst genommen. Als wäre ich ein Austauschschüler aus
einem fernen Land, dessen Sprache niemand spricht und dem
ständig bewusst gemacht wird, wie mühsam es für alle ist,
ihn dennoch einzubeziehen. Ich mag nicht, dass du mich so
schwach erlebst. Du sollst einen starken Eindruck von mir
haben!«

Sie schrieb auch, dass sie mich vermisste und es toll fand, dass
ich inzwischen so gut in Gebärdensprache war.

Ich fand, sie übertrieb, aber ich freute mich über das Kompli-
ment. Den Satz »Ich bin stolz auf dich« las ich mehrmals hintereinander.

Am Schluss des Briefes schrieb sie: »Ich möchte dich wahnsinnig gerne wiedersehen! Ich habe mich nach unserem gemeinsamen
Nachmittag im Freibad nicht mehr gemeldet, weil so viel passiert
ist. Ein Onkel meiner Mutter ist gestorben und wir waren einige
Tage weg. Dann hatte Franzi riesigen Liebeskummer und ich musste für sie da sein. Aber stell dir vor, jetzt hat sich für sie alles zum
Guten gewendet!«

Ganz klein stand dann noch etwas am Rand der Seite: »Ich
würde dich gerne zu einer besonderen Veranstaltung in der Innenstadt einladen. Hast du am Donnerstagabend Zeit? Das hoffe ich
sehr! Ich bin sicher, es wird dir gefallen!«

Was genau sie vorhatte, schrieb sie nicht. Nur, dass ich mich ein bisschen aufstylen sollte, vielleicht so, als würde ich in die Disco gehen. Und dass ich sie zu Hause abholen sollte.

Ich verspürte die ultimative Erleichterung.

In den letzten zwei Tagen hatte ich immer, wenn ich an Lea gedacht hatte, ihr wutverzerrtes, zorniges Gesicht am Mittagstisch ihrer Eltern vor Augen. Jetzt verschwand dieser negative Eindruck und andere Bilder kehrten in meinen Kopf zurück.

Bilder, die viel schöner waren und alles andere überdeckten: Lea, wie sie ganz cool am Billardtisch stand und mit dem Queue die Kugeln dirigierte. Lea, wie sie gemeinsam mit Franzi über irgendetwas Albernes lachte. Lea in einem verschärften Bikini, ihre Haut mit unzähligen Sommersprossen übersät. Lea, wie sie neben mir lag, nur Zentimeter von mir entfernt, und mir einige Geheimnisse entlockte.

Lea, wie sie mich anblinzelte, angrinste, wie ihre Augen meine trafen und wortlos verstanden. Immer wieder Lea, wie auf einer riesigen Leinwand in meinem Kopf.

Ein sexy Stummfilm, fernab von Hollywood, und ganz allein für mich gemacht.

Meine Hand wanderte hinab zu meiner Hose. Ich kam mir echt scheiße vor. Ich wollte ja gar nicht immer nur an das eine denken, aber es passierte einfach von allein.

»Mika?« Meine Hand fuhr zurück und ich sprang verstört in die Höhe. Innerhalb einer halben Sekunde war ich aus dem Bett, den Brief stopfte ich unter die Matratze. Das fehlte noch, dass mich meine Mutter dabei überraschte, wie ich mir einen runterholte. Wenigstens war sie nicht einfach in mein Zimmer gestürmt, sondern hatte unten von der Treppe aus gerufen.

»Was ist?«

»Telefon. Sandra ist dran. Sie will dich sprechen.«

Viel zu eilig rannte ich nach unten.

»Hallo?«

»Hallo, du Herzensbrecher. Und, hast du mich die letzten drei Wochen vermisst?«

»Ja!« Vor lauter Eile und Schreck war ich ganz außer Atem.

»Schau mal wieder bei mir vorbei. Wir können einfach so quatschen, abhängen, auf YouTube surfen oder so was.«

»O. K., klar. Wann soll ich denn kommen?«

»Am Donnerstagabend?«

Mein Hals wurde eng. Ich kam mir vor wie das Opfer einer fiesen Verschwörung. »Am Donnerstag hab ich schon was vor.«

Sandra schwieg und ich überlegte einen kurzen Moment, Lea abzusagen. Aber Sandra kam mir mit ihrer Frage zuvor.

»Was läuft denn bei dir am Donnerstagabend? Bist du mit deinen behämmerten Jungs unterwegs?«

Es machte keinen Sinn, sie anzulügen. Solche Geschichten kamen am Ende immer heraus.

»Das gehörlose Mädchen. Kannst du dich erinnern?« Ich versuchte, ganz normal zu klingen.

Sandra lachte. »Oje. Gibt's die immer noch? Ist ja ganz schön anhänglich, die Kleine.«

Die Kleine. Schon wieder. Wenn ich an Lea dachte, war sie groß und stolz. Niemand, den man mit dem Adjektiv klein umschreiben konnte.

»Ich habe es ihr schon versprochen. Tut mir leid. Wir gehen zusammen aus.«

»Auf Krankenschein?« Sandra gluckste schon wieder. Ich musste an mein Gespräch mit Calimero denken. Wirklich niemand nahm diese ganze Geschichte ernst.

»Nein, nicht auf Krankenschein. Wir haben ein Date. Eine Verabredung. Wir treffen uns zu zweit und haben Spaß. Nenn es, wie du es nennen möchtest!«

Sandra schwieg.

»Am Samstag hätte ich Zeit«, lenkte ich ein. »Soll ich gegen sieben zu dir kommen?«

»In Ordnung.« Sandra hörte sich ein bisschen eingeschnappt an. Sie war es nicht gewohnt, sich nach den Plänen anderer zu richten. »Komm zu mir, ich muss dir ein paar neue Aufnahmen vorspielen. Die *Coloured Pieces* sind richtig geil. Außerdem müssen wir zwei reden. Ich vermisse dich fürchterlich. Hab sturmfrei, das ganze nächste Wochenende.«

Ich schluckte. Sturmfrei. Normalerweise war Sandras Mutter nie unterwegs.

Wir vereinbarten die Zeit und ich legte auf.

»Und?« Meine Mutter streckte neugierig ihren Kopf aus der Küche. Ich hatte leise gesprochen, bestimmt hatte sie nichts mitgekriegt.

»Wir sehen uns am Wochenende!«

Meine Mutter sah zufrieden aus, beinahe glücklich.

16 »Hi.« Ich hob meine Hand zum Gruß und nickte Lea verlegen zu. Von meinem Ersparten hatte ich mir gestern in der Stadt neue Klamotten gekauft. Das Geld hatte mein Vater mir irgendwann für eine neue Kletterausrüstung gegeben.

Lea musterte mich erstaunt. »Wieso hast du dir eine neue Jeans gekauft?«, fragte sie in Gebärdensprache.

Ich sah zu Boden. Wie immer war sie ganz schön direkt. Was sollte ich darauf antworten? Dass ich gut aussehen wollte für sie? Dass meine alten Klamotten der absolute Albtraum waren? Wieso fragte sie so was Peinliches? Die Antwort war doch eigentlich klar!

Sie lächelte.

Ich folgte ihr ins Haus. Ihre Familie schien diesmal nicht daheim zu sein. Vielleicht waren sie aber auch da und zeigten sich nur nicht. Nach dem Eklat bei meinem letzten Besuch konnte ich das sehr gut verstehen.

Erst jetzt wurde mir klar, wie sehr ich Lea vermisst hatte. Es tat richtig gut, sie wiederzusehen!

Von unserem Streit war nichts mehr zu spüren. Wie selbstverständlich fasste Lea mich an der Hand und zog mich hinter sich her durch das Haus in ihr Zimmer. Ihr Griff war warm und fest und während wir hintereinander herliefen, verstärkte sie den Druck der Berührung. Mein Atem ging schneller. Wir hielten nur Händchen, und trotzdem: Noch nie hatte jemand mich so unglaublich fordernd angefasst. Ihre Fingerspitzen massierten die Innenfläche meiner Hand.

Als wir in ihrem Zimmer angelangt waren, ließ sie mich wieder los. Meine Hände kribbelten, es fühlte sich ehrlich unglaublich an.

Leas Zimmer war erschreckend ordentlich. Nirgendwo lag etwas auf dem Boden herum. Ihre Schulbücher waren im Regal aufgereiht, daneben eine ganze Sammlung DVDs. Ein riesiger weicher Teppich auf dem Boden. Links eine kleine Sofaecke mit Tisch. In der Mitte ein Bett mit Moskitonetz darüber. Rechts davon stand ein Schreibtisch. Mein Blick blieb an dem seltsamen Monitor hängen.

»Was ist das?« Ich zeigte hinüber. Lea nickte. »Bildtelefon«, buchstabierte sie mit den Fingern. Sie lief zu dem Apparat und tippte darauf herum. Plötzlich sprang der Monitor an und Franzis Gesicht erschien auf dem Bildschirm.

Franzi winkte und schon waren die beiden in ein rasantes Gespräch vertieft. So telefonierten Gehörlose also miteinander!

Während Franzi und Lea sich im Hintergrund unterhielten, sah ich mich genauer im Raum um. Vom Bildtelefon, dem Faxgerät und der riesigen Computeranlage abgesehen war das Zimmer so wie bei anderen Gleichaltrigen. In einer Vitrine sammelte Lea Muscheln und Steine, manche waren richtig groß. Überall an der Wand hingen Fotos, Bilder und Poster herum. Die Erde von oben. Ein Filmplakat von *Die fabelhafte Welt der Amelie*. Ein Stundenplan, Postkarten aus den USA und Alaska. Über der Sofaecke hing ein Spiegel, um den eine Kette aus Stoffblumen geschlungen war. Drei alte Steiff-Teddys hockten auf dem Bett und sahen gelangweilt zu mir herüber. Ein kaputtes Skateboard lehnte in der Ecke. Ein paar Pflanzen gab es auch. Was fehlte, fiel einem erst auf den zweiten Blick auf. Es gab keine Stereoanlage und keine CDs in diesem Zimmer.

Das Telefonat mit Franzi war zu Ende und Lea kam wieder zu mir zurück.

»Ich liebe Neuseeland!«, sagte sie, als ich fragend auf die neuseeländische Flagge zeigte, die als Mousepad neben ihrem Computer lag.

»Warum?«

»Weil Gebärdensprache dort Amtssprache ist. Bald sollen sogar alle Kinder in der Schule Gebärdensprache lernen! Neuseeland ist das Paradies für Gehörlose! Ganz anders als hier!«

»Wie wachst du morgens eigentlich auf?«, fragte ich neugierig. »Ich meine, den Wecker hörst du ja nicht, oder?«

Sie nickte, ging zum Wecker hinüber und stellte ihn für mich. Nach zwanzig Sekunden leuchtete ein greller Lichtblitz auf. Dann fasste sie in die Schublade ihres Nachtkästchens und nahm eine Armbanduhr heraus. Sie nestelte daran herum und legte sie mir schließlich an. Etwa eine Minute später begann das komplette Gehäuse zu vibrieren.

»Clever!«, buchstabierte ich. Sie lachte.

»Wartest du hier einen Moment? Ich muss mich noch umziehen!«, fragte sie. Mir zuliebe bewegten sich ihre Hände fast im Zeitlupentempo.

Ich nickte Lea zu und sie verschwand mit einem Berg Klamotten im Flur. Immer noch wusste ich nicht, was mich heute Abend erwartete.

Kurz darauf hörte ich im Bad das Wasser rauschen.

Es war fies, dass ich – obwohl ich sie nicht mehr sehen konnte – genau hörte, was sie machte, während sie selbst außerhalb ihres Blickfeldes fast gar nichts mitbekam. Ein anderer Gedanke schlich sich in meinen Kopf. Sie hatte ja keine Ahnung von Geräuschen. Wusste sie, dass jeder es mitbekam, wenn man duschte? Wenn der Magen knurrte, man rülpste oder versehentlich einen fahren ließ?

Ich ging zum Bett hinüber und schnappte mir einen der drei Teddys. So einen ähnlichen hatte ich früher auch mal gehabt.

An der Wand klebte ein Zeitungsausschnitt. »Es gibt einen Wurm, der unter dem Augenlid eines Nilpferdes lebt und sich von dessen Tränen ernährt.«

Noch mehr unnützes Wissen.

Es klingelte. Das Licht über der Tür leuchtete auf und unten schob jemand den Schlüssel ins Schloss.

Hohe Absätze waren auf der Treppe zu hören. Cindy schaute neugierig in Leas Zimmer hinein.

»Oh. Da bist du ja wieder. Hat sich die Kleine wieder eingekriegt?«

Ich nickte. Cindy war nett, aber sie hatte auch etwas an sich, das mir nicht gefiel. Und es hing ganz eindeutig mit Lea zusammen.

»Wieso nennt ihr sie alle Kleine?«, fragte ich angriffslustig und erstaunt sah Cindy mich an.

»Weil sie das ist. Unser kleines Sorgenkind. Man muss wirklich ständig auf sie achtgeben. Das ist nun mal so.«

»Ich glaube, sie ist stärker, als ihr alle denkt«, erwiderte ich.

»Ach, wirklich?« Amüsiert fing Cindy an, den Teddy in meinem Arm zu streicheln. Dann wurde sie auf einmal ernst. »Ich halte Lea für überaus stark!«, sagte sie. »Die Situation war für mich auch nicht immer einfach. Seit Leas Geburt dreht sich hier alles nur noch um sie. Und ich ... ich war ihre große Schwester

158

und musste sie beschützen. Du kannst dir gar nicht vorstellen, wie grausam Kinder sein können! Die Nachbarjungs haben sich einen Spaß daraus gemacht, Lea Schimpfworte nachzuschreien. Keiner wollte mit ihr spielen, ständig wurde sie ausgegrenzt.« Dann lächelte sie plötzlich wieder. »Könnte es übrigens sein, dass du total verknallt in meine kleine Schwester bist?«

Ich wurde rot. »Quatsch«, verteidigte ich mich. »Ich bin nur mit ihr befreundet.«

In dem Moment ging die Badtür auf und Lea spazierte zurück in ihr Zimmer. Als sie ihre Schwester neben mir stehen sah, wirkte sie nicht gerade glücklich.

Mir hingegen entglitt für einen Moment regelrecht das Gesicht. Lea hatte in der kurzen Zeit im Bad eine ziemlich heftige Verwandlung durchgemacht. Schon immer, schon vom ersten Augenblick an, hatte sie mir gefallen. Aber jetzt hatte sie sich extra für den Abend herausgeputzt. Sie hatte ein schwarzes Minikleid an, das ihre Brüste extra betonte. Dazu ausgetretene Doc Martens und ein Lederarmband mit silbernen Nieten daran. Die Haare trug sie wild und offen. Ihre langen Wimpern waren dunkel getuscht. So hergerichtet, kam sie meiner Vorstellung von einer göttlichen Erscheinung ziemlich nahe.

»Was guckst du so?«, fragten mich ihre Hände misstrauisch.

»Du ... du siehst einfach wunderschön aus.« Ich schaffte es sogar, beim Gebärden zu stottern. Wenn ich sie noch eine Sekunde länger anstarrte, würde es langsam peinlich werden. Dass ihre Schwester immer noch direkt neben mir stand, bekam ich überhaupt nicht mehr mit.

Lea deutete mit einer Haarbürste auf mich. »Spinner!«, buchstabierte sie mit der freien Hand.

»Wo geht ihr überhaupt hin?«, fragte Cindy und schnappte sich die Bürste.

Lea drehte sich zu ihr. Es war das erste Mal, dass ich sie sprechen hörte: »Auf ein Konzert.«

● ● ●

Ich hatte immer noch nicht raus, ob Lea mich auf den Arm nehmen wollte. Aber tatsächlich holten uns eine Viertelstunde später Franzi und der schöne Marcel in einer klapprigen alten Ente ab. Das Auto war museumsreif, aber man konnte das Dach aufmachen und hatte dann so was wie ein Sozialhilfe-Cabrio.

Hinten hockte eine weitere Gestalt, Marcels hörende Schwester.

Als ich mich neben sie drängte, lächelte sie mich freundlich an. »'n Abend!«, sagte sie. »Ich bin die Clara.«

Clara sah nett aus, sie rückte zur Seite.

»Hallo«, sagte ich. Lea quetschte sich neben mich, ich spürte ihr Knie an meinem. Stromschübe schossen durch mein rechtes Bein. Lea drückte sich sanft dagegen. Ein warmes, hungriges Gefühl machte sich in meinem Körper breit. Es fühlte sich noch stärker an als vor ein paar Minuten, als sie meine Hand gehalten hatte.

Franzi drehte sich zu uns um. Sie sah toll aus, rundherum glücklich. Marcel strich ihr liebevoll über den Arm.

»Hallo zusammen. Geht es euch gut?« Ihre Hände flogen nur so durch die Luft.

Lea und ich nickten. Es war schwer, nicht zu Lea hinüberzugreifen. Sie nicht genauso selbstverständlich zu streicheln, wie Marcel es gerade mit Franzi tat.

»Und wo fahren wir jetzt hin?« Ich hatte mich meiner hörenden Nachbarin zugewandt.

»Auf ein Rap-Konzert«, sagte Clara. »Zu Signmark. Der ist wirklich einsame Klasse.«

Ungläubig wandte ich mich Lea zu. Sie würde sich den ganzen Abend über schrecklich langweilen. Gehörlos auf einem Rap-Konzert! Wie sollte das funktionieren?

Franzi hatte sich an Marcels Oberarm gelehnt, während er das Auto in Richtung Münchner Innenstadt kutschierte. Offensichtlich waren die beiden seit Neuestem ein Paar und er war der Grund für Franzis Liebeskummer gewesen. Franzi trug ein gelbes Trägerhemd und ich konnte auf ihrem Oberarm die tintenblauen Reste eines Schriftzugs erkennen. Marcel. Marcel forever. Sandra ...

Ich dachte an das Graffiti an meiner Wand. Es wurde wirklich langsam Zeit, es endlich zu überstreichen.

»Bist du traurig, dass Marcel jetzt mit Franzi zusammen ist?«, formte ich versteckt in Leas Richtung. Ich musste an Franzis Bruder denken, der mir gesteckt hatte, dass beide Mädchen verrückt nach dem gut aussehenden Typen waren. Jetzt hatte er sich Franzi geschnappt und Lea guckte in die Röhre.

Aber zu meiner Verwunderung schüttelte sie ernst den Kopf. »Es gibt ja noch andere nette Jungen.« Sie zwinkerte mir zu und verstärkte den Druck ihres Knies. Sie roch so gut und war mir so nah. Das Blut schoss mir in die Ohren. Für einen Moment rauschte alles um mich, während der Wind durch das offene Verdeck in unsere Haare fuhr.

Clara tippte mich an die Schulter. »Und du, warum kannst du die Sprache der Gehörlosen?«, fragte sie und formte ihre gesprochenen Sätze gleichzeitig in Gebärdensprache nach, sodass auch Lea mitbekam, worüber wir uns unterhielten. Geistesabwesend sah ich nach vorn. Es sah echt romantisch aus, wie Franzi sich an Marcel lehnte. Große Liebe, endlich hatte es für sie geklappt.

Bestimmt hatte es wehgetan, das Tattoo mit seinem Namen. Namen einzuritzen, tat meistens weh. Sie zu löschen, zu überstreichen, wahrscheinlich nicht weniger.

»Keine Ahnung.« Ich sah Clara an. In den Augenwinkeln sah ich Leas stolze Gestalt. »Das mit der Gebärdensprache hat sich von selbst so ergeben.«

● ● ●

Der Saal war bis auf den letzten Platz ausverkauft. Es herrschte eine aufgeheizte, feierwütige Stimmung. Der Lärmpegel war enorm, aber bestimmt ein Viertel der Besucher schien gehörlos zu sein. Das verstand ich nicht. Überall sah ich Gruppen von Jugendlichen, die sich in Gebärdensprache unterhielten.

Wir suchten uns einen freien Platz im Getümmel. »Signmark kommt aus Finnland«, informierte Clara mich. »Er hat in Deutschland eine recht große Fangemeinde.«

Er war also Finne. Vielleicht hatte Lea deshalb das Konzert ausgesucht.

Die Lichter im Saal gingen aus und die glitzernde Bühnenbeleuchtung sprang an. Gleichzeitig erfüllte ein harter Sound den Saal. Drei coole Typen erschienen auf der Bühne und die Menge jubelte ihnen zu.

»In der Mitte steht er«, schrie Clara. »Pass auf, es wird jetzt jeden Moment ziemlich laut!«

Sie lag richtig. Als die Musik einsetzte, schien für einen Moment mein Trommelfell zu implodieren. Der Boden unter uns bebte, der Bass verwandelte meinen Magen in ein pulsierendes Organ.

Zwei der drei Typen fingen an zu singen und Signmark rappte dazu in Gebärdensprache!

Ungläubig sah ich zur Bühne hinauf. Lea, Franzi und Marcel tanzten im Rhythmus der Musik. Sie konnten den Beat spüren und bekamen die Texte live dazu mit.

Der Sound ging einem direkt durch Mark und Bein.

»Krass!« Ich sah zu Clara hinüber.

»Los, tanzen!«, forderte sie mich auf. Sie lachte und endlich ließ auch ich mich von der Musik treiben.

●●●

Ich weiß nicht, wie dieser seltsame Streit überhaupt entstand. Aber es fing direkt nach dem Konzert an, im Auto. Ich saß müde, aber glücklich in der alten Karre und in meiner Jackentasche spürte ich die gekaufte CD. Calimero liebte Rap. Das würde ihm bestimmt gefallen.

»Willst du Claras Adresse?«, fragte mich Lea in Gebärdensprache. Sie lehnte nachdenklich an mir und hatte ihren Kopf auf meine Schulter gelegt. Den ganzen Abend über hatte ich mich beherrschen müssen, sie nicht zu berühren. Gut, sie hatte mir ein paar eindeutige Signale gegeben, aber sicher war ich eben nicht. Vielleicht waren Gehörlose so. Vielleicht rückten sie einem so auf die Pelle, wenn sie befreundet mit einem sein wollten, und dachten sich gar nichts weiter dabei. Dachten sich nichts dabei, einen bei jeder Gelegenheit sanft zu berühren.

Verwirrt sah ich Lea an. »Claras Adresse? Nein. Wieso?«

Sie hob die Schultern. »Weil ihr zusammenpasst. Das finde ich zumindest.«

Clara bekam nichts von unserem stummen Wortwechsel mit. Sie blickte zum Fenster hinaus und war in ihren eigenen Gedanken.

»Guck mal, Mika!«, sagte Clara auf einmal und ich schaute nach links. Lea folgte meinem Blick, sie hatte Claras Bemerkung nicht gehört, bekam aber mit, dass wir zwei uns unterhielten.

Ein Fanbus schlängelte sich an uns vorbei. In der Rückscheibe klebten Fotos von Signmark und zwei Mädels winkten kreischend aus dem offenen Fenster heraus.

Ich drehte mich wieder zu Lea um. »Clara ist nett. Aber ich interessiere mich nicht für sie. Verstehst du?«

»Aber sie ist hörend.«

»Na und?« Ich wusste überhaupt nicht, was die komische Ansage jetzt sollte.

»Wenn ich hörend wäre, würde ich mir bestimmt auch einen hörenden Freund suchen«, stellte Lea mit überzeugtem Gesichtsausdruck fest. Ich hatte schon wieder Probleme, ihren Händen zu folgen. Sie war einfach viel zu schnell. »Und als Gehörlose stelle ich es mir natürlich viel toller vor, auch einen gehörlosen Freund zu haben. Das passt einfach zu hundert Prozent. Marcel ist weg, aber es gibt ja zum Glück noch genug andere nette gehörlose Jungen.«

Na prima, so hatte sie den Spruch vorhin also gemeint. Und ich Idiot hatte ihn auf mich bezogen.

In Wahrheit war sie nicht wirklich an mir interessiert. Sie wollte jemanden, der nicht ständig den Faden verlor, wenn sie mit ihm sprach. Jemanden, der nachvollziehen konnte, wie es war, wenn man Musik rein über den Bass aufnahm und tief im Zwerchfell spürte. Jemanden, der kapierte, wieso es ätzend war, nicht verstanden zu werden, nicht studieren zu können. Und nicht mitzubekommen, dass hinter einem ein Polizeiauto mit heulender Sirene fuhr ...

Clara tippte Marcel auf die Schulter. Er sah in den Rückspiegel und fuhr rasch zur Seite. Das Polizeiauto schoss an uns vorbei. Die drei Gehörlosen hatten es erst bemerkt, als der Wagen direkt hinter uns war und sich das Blaulicht in der Windschutzscheibe spiegelte.

»Es geht doch um den Menschen«, sagte ich müde zu Lea. Vor Anstrengung verwechselte ich zwei Begriffe. »Es geht doch um die Wörter«, sagte ich aus Versehen. Das Gebärdenzeichen für Wort und Mensch war ziemlich ähnlich. Aber ich bemerkte den Fehler sofort. »Es geht um die Menschen. Es geht nicht darum, ob jemand hörend oder gehörlos ist.«

Franzi hatte sich umgedreht und diesen Teil der Diskussion mitbekommen.

»Schon«, klinkte sie sich ein. »Aber ihr Hörenden, ihr kapiert unser Leben einfach nicht. Wir finden es richtig gut, gehörlos zu sein. Eigentlich finden wir es sogar besser. Selbst wenn es eine Möglichkeit geben würde, hören zu können. Ich würde freiwillig gehörlos bleiben!«

Ich starrte Franzi an. Das konnte unmöglich ihr Ernst sein. »Was meinst du dazu?«, fragte ich Lea. Sie warf mir einen spöttischen Blick zu. »Sorry, Franzi hat recht. Euer Mitleid könnt ihr euch sparen. Wir kommen sehr gut auch ohne Gehör zurecht. Ich bin stolz, gehörlos zu sein. Ich würde es mir keine Sekunde anders wünschen.«

Marcel war vor meinem Haus angelangt. Er parkte das Auto direkt in der Einfahrt. Entgeistert und ungläubig sah ich die beiden Mädchen an. Was sollte das heißen, dass es besser war, gehörlos zu sein? Natürlich war es besser zu hören, das war doch völlig klar!

Ich fand das ganze Gespräch reichlich bescheuert.

»Wenn ich mal ein Kind kriege, hoffe ich, dass es auch gehörlos ist!«, sagte Lea und warf mir einen lauernden Blick zu. Wieso sagte sie das? Weil sie dachte, dass ich mit der hörenden Schwester des tollen Marcel durchbrennen wollte?

»Super Plan«, sagte ich schroff. Ich sagte es laut und ohne Gebärdenzeichen. Wütend funkelte Lea mich an. Sie stieg aus und ich schlüpfte an ihr vorbei ins Freie. »Du bist doch plemplem!«, sagte ich. »Du weißt überhaupt nicht, was du da sagst.«

Ich hatte keine Ahnung, ob sie das alles verstanden hatte. Meine Lippenbewegungen waren ziemlich schnell.

Einen Moment standen wir so da und sahen uns zornig an.

Schließlich wandte sie sich ab und setzte sich in den Wagen zurück. Mit pfeifendem Auspuff verschwand das klapprige Auto um die Kurve.

17

Ich stromerte durch die Stadt wie ein hungriger Wolf. Was suchte ich? Ich kapierte Lea einfach nicht. In einem Moment schien sie mich zu mögen – im anderen Moment behandelte sie mich, als wäre ich ihr größter Feind.

Mit der letzten S-Bahn war ich spontan in die Innenstadt gefahren. Meine Eltern hatten nicht mitbekommen, dass ich vom Konzert zurückgekehrt war, also konnte ich problemlos noch woanders hingehen.

Ein kindlicher Trotz trieb mich an. Sollte Lea doch bleiben, wo der Pfeffer wuchs. Sie fand, dass ein hörendes Mädchen besser zu mir passte? Gut, den Gefallen tat ich ihr gern. Es war Zeit, dass ich der hörenden Welt mal wieder einen Besuch abstattete.

Der Türsteher des Clubs winkte mich einfach durch. Auch an der Bar gab es keine Probleme.

»Whiskey-Cola!« Der Barkeeper sah mich an und nickte. Auf seltsame Weise schien ich gealtert zu sein.

Die Tanzfläche war voll. Sie spielten Hip-Hop und der Boden bebte. Verschwitzte Leiber bewegten sich wie ein einziger pulsierender Körper im Takt der Musik.

Ein greller Laser schickte Sternschnuppen durch den Raum.

»Früher habe ich immer gedacht, Sternschnuppen klingen wie zerspringendes Glas«, hatte Lea mir auf dem Konzert erzählt. Wir waren für einen Moment nach draußen gegangen.

Sie hatte mich wie zufällig berührt. Wir standen dicht beieinander auf dem Parkplatz und sahen in die Nacht hinauf.

Irgendwo fiel eine Sternschnuppe vom Himmel.

»Früher habe ich immer gedacht, Sternschnuppen ...«

Mein Blick folgte den Lichtblitzen im dröhnenden Raum. Hier unten konnte Lea klingende Sternschnuppen haben. Sie waren so laut, dass es in den Ohren schmerzte. Es waren unendlich viele und jede weckte einen ohrenbetäubenden neuen Wunsch.

Ich fühlte mich allein. Und durstig.

Ich bestellte mir eine zweite Whiskey-Cola und bekam sie. Jemand tippte mir auf die Schulter. Es war Basti, er hielt eine Kippe in der Hand.

»Seit wann rauchst du Marlboro Light?« Ich prostete ihm zu und trank die Cola auf ex.

»Seit ich gesundheitsbewusst bin.« Er nahm einen Zug. »Ellen ist heute mit den Mädels unterwegs und ich habe einen freien Abend. Cool, dass wir uns treffen. Haben uns lange nicht gesehen.«

Sein Blick wanderte über die Tanzfläche. »Ein Traum, oder? Hast du die mit dem Nasenpiercing gesehen? Die hat obenrum voll das Silicon Valley. Flirtet schon die ganze Zeit über mit mir. Wie bist du überhaupt hier reingekommen? Mich hat ein Typ eingeschleust, der den Türsteher kennt.«

Ich antwortete nicht. Die Mädchen, die vor mir tanzten, bewegten sich wie eine einzige gigantische Welle. Bestimmt hatte keine von denen jemals vom Lazarus-Phänomen gehört. Bestimmt wusste keine von denen, dass es weltweit nur noch drei Zylindermacher gab, und bestimmt dachte auch keine von denen, dass Sternschnuppen Geräusche machten.

Keine von denen konnte mit den Händen sprechen und keine von denen würde mich einfach so fragen, ob ich noch Jungfrau war.

Keine von denen schaffte es, die Gefühle zu erzeugen, die in mir entstanden, wenn ich an Lea dachte.

Wann war das passiert? Ich hatte absolut keine Ahnung.

Silicon Valley schob sich an uns vorbei. Sie wirkte abweisend und kalt, gar nicht so, als wollte sie Basti kennenlernen.

Die Sehnsucht nach Lea fraß mich beinahe auf.

»Sandra geht ja jetzt mit diesem Florian.« Basti gähnte. »Scheint aber schlecht zu laufen, haben permanent Zoff. War schon zweimal Schluss, ständige Meinungsverschiedenheiten. Allerdings läuft es im Bett wohl ganz gut.«

Basti war ein echter Freund und Helfer.

Ich stellte das leere Glas auf den Tresen zurück.

»Was machst du?« Basti lief mir nach.

»Ich gehe tanzen.«

Und zwar genau in der Mitte des Raums.

● ● ●

Um fünf verließ ich mit den letzten Gästen den Club. Ich war völlig übermüdet und bestimmt stank ich wie ein Schwein. Ich hatte drei Whiskey-Cola zu viel getrunken.

Auf der Treppe nach oben sprach mich ein Mädchen mit kurzen blauen Zöpfen an, das die ganze Zeit über in meiner Nähe getanzt hatte. Sie trug einen Haarreif, auf dem blinkende Herzen steckten.

»Wenn du das Glas klauen willst, musst du es unters T-Shirt stecken. Sonst nimmt der Türsteher es dir garantiert ab.«

Ich hatte tatsächlich ein Whiskeyglas mitgenommen. Wie lange hielt ich es schon in der Hand? Bestimmt seit einer halben Stunde.

Das Mädchen lächelte frech. Das Blinken der Herzen wurde schwächer, vermutlich war die Batterie bald leer.

»Wollen wir zusammen frühstücken gehen? Hier um die Ecke gibt es ein echt gutes Lokal.«

»Kommt darauf an.« Ich lallte.

Amüsiert stemmte sie die Arme in die Seite. »Worauf? Ob ich dich einlade, oder was? Gut, kannst du haben.«

»Ob du ein Rätsel lösen kannst.« Wir hatten den Club verlassen, im Osten ging gerade die Sonne auf. Ein leichter Regen hatte eingesetzt, die Straße schimmerte nass.

Die Fremde schob sich den blauen Zopf hinter das Ohr. »Ich liebe Rätsel. Darin bin ich wirklich gut.«

Ich ließ das Glas fallen, es zerbrach in tausend Stücke.

»Wonach klingt das?« Meine Stimme war schwer. Die blinkenden Herzen hatten endgültig den Geist aufgegeben. Wie tote Augen sahen sie mich an.

»Das klingt nach einem betrunkenen Typen, der ein Glas fallen lässt.«

Ich seufzte. »Du musst mal zum Ohrenarzt. Irgendwas ist da nicht in Ordnung. Das klingt in Wahrheit nach einem Typen, der Wünsche erfüllt.«

»Du bist ja bekifft.« Das Mädchen ließ mich stehen und verschwand.

Die Scherben auf dem Boden sahen aus wie zerbrochene Sterne.

18 Seit neun Stunden regnete es ununterbrochen. Es hatte im Morgengrauen angefangen und seitdem nicht mehr aufgehört. Inzwischen war die dritte Ferienwoche vorbei. Draußen goss es in Strömen.

Calimero war offenbar immer noch in Spanien und Basti hatte den Club verlassen, ohne sich zu verabschieden. Lea hatte sich nach dem gestrigen Streit auch nicht mehr gerührt.

Ich wollte mich mit ihr aussprechen. Aber ich traute mich nicht, zu ihr nach Hause zu gehen. Wahrscheinlich hatte sie nach unserer blödsinnigen Diskussion genug von mir und traf sich zur Rache mit einem anderen Typen. Dreimal hatten wir uns seit unserem Kennenlernen außerhalb des Freak City gesehen, und zweimal davon waren wir heftig aneinandergerauscht.

Heute Nachmittag wollte ich zwar wieder in Bines Unterricht gehen, aber meine Motivation war völlig dahin. Wozu lernte ich das ganze Zeug, wenn es niemanden gab, mit dem ich mich unterhalten konnte?

Und morgen, am Samstag, stand die Verabredung mit Sandra an. Wenn ich an sie dachte, fühlte ich mich schwindelig. Auf der einen Seite wollte ich sie zurückhaben, das schon. Auf der anderen Seite war sie mir in manchen Momenten erschreckend egal. Momenten, in denen ich an Lea dachte. Momenten, in denen ich zu rechnen begann: Über eineinhalb Monate waren wir nun getrennt und mit jedem Tag schien ich mich weiter von Sandra zu entfernen.

Jetzt lag ich bei heruntergelassenem Rollo auf der Couch und sah mir den Film an, den Tommek mir vor ein paar Tagen mitgegeben hatte. *Gottes vergessene Kinder*. Er handelte von einem hörenden Mann, der sich in seine gehörlose Schülerin verliebte.

Auf dem Umschlag war ein Foto abgebildet, auf dem die Hauptdarstellerin in einem Pool Sex mit dem Hauptdarsteller hatte. Schon seit dem Vorspann wartete ich auf genau diese Szene. Es war mir selber peinlich, dass ich so fixiert auf das Thema Sex war. Aber seit Lea gestern meine Hand genommen hatte, konnte ich erst recht an nichts anderes mehr denken.

Es lag an der Art, wie sie mich berührt hatte. In dem Moment, als unsere Hände ineinanderlagen, war etwas in Gang gesetzt worden, das ich nicht mehr unter Kontrolle bekam.

Endlich kam die Szene und ich richtete mich gespannt auf dem Sofa auf. Im Flur waren Geräusche zu hören. Meine Mutter war von ihrer Einkaufstour zurück. Noch ehe ich es richtig realisierte, schob sie sich durch die Wohnzimmertür und ließ ihre Einkaufstüten auf den Boden fallen. Angenervt fuhr sie sich durch ihr nasses Haar. »Endlich bist du wach. Wann bist du heute Nacht überhaupt nach Hause gekommen? Ich habe dich gar nicht gehört!«

Ertappt drückte ich die Pause-Taste.

Irritiert sah meine Mutter zum Bildschirm hinüber. »Entschuldigung«, murmelte sie verlegen und ihre Wangen färbten sich rot. In Großaufnahme sah man zwei aneinandergepresste Körper über die Mattscheibe flimmern. »Ich wollte nicht stören. Bin gleich wieder weg.«

Ich wurde ebenfalls rot. Offenbar dachte meine Mutter, ich sah mir heimlich im Wohnzimmer irgendwelche Pornos an.

»Du störst nicht«, sagte ich kleinlaut. »Das ist ein richtig berühmter Film!« Ich drückte wieder auf Play. Hoffentlich waren die beiden Darsteller bald fertig mit ihrem Gegrabsche. »Der Film wurde mir empfohlen«, sagte ich hastig. »Hat einen Oscar bekommen. Ist aber schon ewig lange her.«

Die Augen meiner Mutter verengten sich. »Ich kenne den!«, sagte sie schließlich nickend und ließ sich auf die Ecke des Sofas plumpsen. »Handelt der nicht von einer tauben Frau? Den habe ich vor Jahren im Kino gesehen! Ich habe damals Rotz und Wasser geheult!«

Ich sah meine Mutter von der Seite an.

»Bewundernswert«, murmelte sie. »Wie diese Leute durchs Leben gehen. So ohne Gehör, ich könnte das nicht.«

Plötzlich drehte sie ihren Kopf zur Seite. Es war, als hätte irgendetwas in ihrem Hirn *klick* gemacht. »Sag mal, Mika, was ist eigentlich aus diesem … diesem Gebärdenkurs geworden? Du hast da damals auf Iris' Party so etwas erwähnt.«

Ich schwieg.

»Ja, was ist nun? Willst du das wirklich machen oder war das bloß ein Witz?«

»Fing schon vor drei Wochen an«, gab ich zu. »Jeden Nachmittag, drei Stunden lang. Ich kann schon einiges in Gebärdensprache sagen.«

Meine Mutter starrte mich an.

»Warum erzählst du uns nichts davon? Ich dachte, du triffst dich nachmittags immer mit irgendwelchen Freunden.«

Ich zog die Schultern nach oben. »Keine Ahnung. Dachte, es interessiert euch nicht.«

Meine Mutter wandte den Blick von mir ab und für ein paar Sekunden hing sie ihren Gedanken nach. »Nur weil Papa sich manchmal lustig macht, heißt das nicht, dass wir uns nicht für unsere Kinder interessieren. Wir sind eine Familie, vergiss das nicht.« Sie klang traurig, beinahe enttäuscht.

Ich nickte. Meine Mutter legte mir die Hand auf die Schulter. »Dein Vater liebt dich, Mika. Und ich auch. Ich weiß, die Stimmung zwischen ihm und dir war schon mal besser. Aber wenn du dich so abschottest, machst du es nur schlimmer.«

Ich nickte schon wieder. Ernsthafte Krisengespräche mit meiner Mutter machten mich echt fertig. Es war mir lieber, sie schrie mich einfach nur an.

»Wo ist Papa überhaupt?«, fragte ich. Seit Beginn der Sommerferien war er ständig unterwegs.

»Geht heute schon wieder mit Jutta zum Klettern.« Meine Mutter erhob sich vom Sofa. »Am Montag hat es ihr richtig gefallen. Heute hat sie einen Urlaubstag und er fährt noch mal in die Halle mit ihr. Übers Wochenende ist er übrigens auch fort, geführte Bergtour mit Hüttenübernachtung. Er kann da spontan mit irgendeiner Gruppe mit.«

Mein Vater verbrachte seine Nachmittage seit Neuestem also mit der Mutter meiner Exfreundin. Irgendwie war das komisch für mich.

»Wann musst du die DVD zurückbringen? Tante Vera würde sich bestimmt freuen, wenn du ihr den Film heute Abend leihst. Es geht ihr gerade gar nicht gut. Sie kann Abwechslung gebrauchen.«

Ich reagierte nicht, sondern stellte den Ton lauter.

Meine Mutter bückte sich, nahm ihre Tüten und ging Richtung Küche.

An der Tür drehte sie sich noch einmal um. »Mika, warum machst du das überhaupt? Ich meine, mit wem willst du dich in Gebärdensprache unterhalten?«

Ich kaute nervös auf meiner Lippe herum. »Ich habe da so ein Mädchen getroffen«, murmelte ich schließlich. Es hörte sich bestimmt an, als hätte ich einen Kaugummi verschluckt. »In einem Café. Sie ist seit ihrer Geburt gehörlos. Und in meinem Alter. Ich dachte, ich will sie mal näher kennenlernen. Wie sie lebt und so. Ihre ganze Situation.«

Der Blick meiner Mutter bohrte sich in mir fest. Ihre Augen wurden glasig, als hätte sie irgendein verbotenes Zeug geraucht.

»Ist das dein Ernst, Mika?«

Ich nickte. Offenbar hatte sie es sofort kapiert. Dass ich mich verliebt hatte. Keine Ahnung, woran sie das sah. Das war irgendein Muttersensor. Als die Geschichte mit Sandra ernst wurde, hatte sie das als Allererste bemerkt.

Sie kam beladen mit ihren Einkäufen noch mal vom Türrahmen zu mir zurück, drückte mir einen Kuss auf die Stirn und sah mich liebevoll an. »Weißt du, genau das habe ich mir früher immer gewünscht!«

Sie hatte die schweren Tüten an sich gepresst und sah auf mich herab, als würde sie gleich vor Rührung weinen.

Was hatte sie sich schon immer gewünscht? Eine gehörlose Schwiegertochter? Verwirrt sah ich zu ihr hoch.

»Einen Sohn, der soziale Verantwortung übernimmt. Der sich auch um die Mitmenschen kümmert, die Probleme haben. Bestimmt kannst du diesem Mädchen eine große Stütze sein. Vielleicht macht dir das ja so großen Spaß, dass du beruflich was daraus machen willst. Sozialpädagoge oder so. Oder Zivi in einer Gehörlosenschule.«

Sie hatte immer noch diesen Schimmer in den Augen, wie früher am Muttertag, wenn ich ihr ein schiefes Salzteigherz auf den Frühstückstisch legte. Jedes Jahr eines. Unsere Handarbeitslehrerin in der Grundschule hatte einfach nichts anderes draufgehabt.

Wo waren all die Herzen eigentlich abgeblieben? Bestimmt hatte sie sie zwei Wochen nach Muttertag heimlich im Biomüll entsorgt.

»Das ist echt toll, Mika. Du bist ein Kind, auf das man stolz sein kann! Nicht jede Mutter kann das von ihrem Sohn behaupten!«

Mein Gesicht brannte, die Stelle, an der sie mich geküsst hatte, pochte wie verrückt. Meine Mutter lächelte und verschwand mit ihren Tüten in der Küche.

Ich starrte auf den Stapel gelesener Zeitschriften neben dem Tisch. Manche Seiten hatte meine Mutter mit gelben Post-its markiert. Das waren Informationen, die sie auf gar keinen Fall vergessen durfte. Ob sie immer noch stolz auf mich wäre, wenn ich die Wahrheit sagen würde? Ich wollte Lea keine Stütze sein. Ich wollte nicht ihr Betreuer oder ihr Sozialpädagoge werden. Ich wollte mit ihr Sex haben, wenn möglich, genauso leidenschaftlich wie die beiden Schauspieler eben im Film. Es musste ja nicht in einem Swimmingpool sein. Aber trotzdem: Ich wollte sie anfassen, sie küssen. Ich wollte, wenn ich ehrlich war, ihr Freund werden. Nicht ihr Freund, der für sie einkaufen ging oder ihr über die Straße half. Sondern ein Freund, wie ich es für Sandra gewesen war.

Ja, eigentlich war ich mir da seit unserem gestrigen Streit sicher. Ich hing immer noch an Sandra, klar. Aber Lea war eine echte, eine ziemlich ernste Alternative.

Ich vermisste sie unglaublich, es tat beinahe körperlich weh. Ihr Lachen, ihre Augen, ihr vorwurfsvolles Gesicht. Ihr seltsames unnützes Wissen.

Ich wollte mit ihr zusammen sein, das hatte ich während der durchtanzten Nacht schlagartig kapiert.

Meine Mutter summte leise in der Küche vor sich hin.

Es roch nach frischen Erdbeeren und im ersten Stock schlug krachend ein Fenster ins Schloss.

19 Ich blätterte in einer von Sandras Zeitschriften, während sie nebenan in der Küche irgendeinen Cocktail mixte, und machte den ultimativen Traumtyp-Test.

Deine Traumfrau wünscht sich zum Geburtstag ein Ständchen von dir. Was singst du?

a) Marmor, Stein und Eisen bricht.
b) Like a Virgin.
c) Highway to Hell.
d) My Heart Will Go On.
e) Meine Traumfrau hört nichts, deswegen ist es ziemlich witzlos, für sie zu singen. Auch ist es witzlos, ein Gedicht oder einen Liebesschwur vorzubereiten. Ich könnte es in Gebärdensprache versuchen, aber mit dem Vokabular aus dem Themenbereich »Frühstücken« kommt man in diesem Fall nicht sonderlich weit.

Antwort e) war natürlich erfunden. In diesen Heften gab es keine gehörlosen Mädchen. Es gab darin sowieso niemanden, der ein Problem hatte, das man nicht mit Aknecreme oder einer Finanzspritze der Eltern hätte beseitigen können. Alle waren gesund, glücklich und sexy und alle hatten genügend Kohle für das neue Sommer-Outfit auf Seite acht. Alle sahen ein bisschen aus wie Paris Hilton und die richtige Antwort war natürlich d).

»Und. Bist du's?«

Sandra war mit zwei Cocktails in ihr Zimmer zurückgekommen. Sie und ihre Mutter lebten in einer tollen Altbauwohnung in München, von Sandras Zimmer aus hatte man Ausblick auf eine schöne Fassade. Der Vater lebte mit seiner neuen Frau einen knappen Kilometer entfernt. Soweit ich wusste, hatten er und Sandras Mutter ein ganz entspanntes Verhältnis.

»Was?«

»Na, der ultimative Traumtyp! Du hast die Seite mit dem Test aufgeschlagen!«

Sie reichte mir den Cocktail und ich nippte daran. Zu süß für mich, aber mit schwerer Alkoholnote. Ich wurde nervös.

»Ich habe mit Calimero telefoniert.« Sandra sah mich lauernd an.

»Wann?« Ich trank zu schnell, der Alkohol stieg mir in den Kopf, aber die Nervosität wurde dafür weniger.

»Er hat mich gestern angerufen. Wir haben bestimmt eine Stunde miteinander gesprochen.«

»Das ist ein Scherz, oder?« Ich sah Sandra ungläubig an. Sandra hatte sich immer über Calimero lustig gemacht und jedes Mal die Augen verdreht, wenn ich ihn zu einem Treffen mitgebracht hatte. Und auf einmal ...

»Er macht sich Sorgen um dich. Wollte mal mit mir reden. Was ich davon halte und so. Er ist gestern Mittag aus Spanien zurückgekommen.«

Ich fasste es nicht. Calimero war also wieder daheim und anstatt sich bei mir zu melden, kontaktierte er heimlich meine Exfreundin und lästerte über mich.

»Wieso denn Sorgen?« Ich war nicht sicher, ob ich wütend oder gleichgültig reagieren sollte.

»Wegen diesem Mädchen. Du weißt schon, aus diesem Behindertencafé. Wo seid ihr am Donnerstag überhaupt zusammen gewesen?«

Ich dachte an das Rap-Konzert. Der Abend war so cool gewesen. Bis zu dem Moment im Auto, als die Stimmung gekippt war. Das Polizeiauto fiel mir auf einmal wieder ein. Mir war der Ton der Sirene durch Mark und Bein gegangen, während Lea und die anderen sich erst durch die blauen Schatten erschreckt hatten. Vielleicht war genau das das Problem – wir bewegten uns auf gänzlich unterschiedlichen Planeten. Wenn ich an Leas Stelle wäre, würde ich mir vermutlich auch ein Kind wünschen, das sich vor blauen Schatten fürchtete. Ein Kind, das einem irgendwie ähnlich war. Sirenen und Schatten – vielleicht ließ sich der ganze Konflikt allein darauf reduzieren.

»Wir waren auf einem Konzert.«

»Klar!« Sandra lachte und trank ihren Cocktail aus. Wir saßen auf ihrem Sofa und ich verlor mich in der Bilderleiste auf der Wand gegenüber. Überall hatte Sandra Fotos von sich aufgehängt. Sandra auf dem Abschlussball des Tanzkurses, in einem bodenlangen Kleid. Sandra auf dem Konzert der Schülerband, als sie den ersten Preis gewonnen hatten. Sandra beim Ballett, Sandra bei der Gesangslehrerin. Sandra in Paris, Sandra in Rom. Sandra mit ihren Freundinnen, Sandra alleine. Ganz rechts konnte ich auch ein Foto von uns beiden entdecken. Sandra und ich im Wohnzimmer meiner Eltern. Das war irgendwann in der Adventszeit gewesen, wir hatten kiloweise Plätzchen gebacken und alle waren sie verbrannt.

»Wir waren wirklich auf einem Konzert. Mit einem gehörlosen Sänger. Signmark. Ein Rapper, der in Gebärdensprache rappt.«

»Wow!« Sandra lehnte sich an mich. »Sag mal was in Gebärdensprache!«, bat sie. »Irgendwas.«

»Was denn?«

»Ich liebe dich, zum Beispiel.«

Meine Hände lagen in meinem Schoß. Sandra kuschelte sich noch enger an mich.

»Kann ich nicht«, sagte ich. Die Vokabeln hatte uns Bine noch nicht beigebracht.

Sandra schnurrte wie eine Katze. Sie trug ein Trägertop und kurze Hosen, obwohl das Wetter durchwachsen war. Das Fußband klimperte, die Fußnägel hatte sie sich hellgrün angemalt.

»Du hast mir gefehlt«, flüsterte sie und ihr Kopf lag schwer auf meiner Schulter. »Habe mir viel Gedanken über uns beide gemacht.«

Mein Herzschlag verdreifachte sich. Von Florian hatte sie bislang überhaupt nichts erzählt. Vielleicht war es nur ein Gerücht, dass die beiden zusammen waren.

»Ich fände es schön, wenn wir es noch mal versuchen würden.«

Der Satz, auf den ich seit sieben Wochen wartete. Sie hatte ihn endlich ausgesprochen.

Ich lehnte mich an sie. Eigentlich hätte ich jubeln sollen. Aber ich fühlte mich seltsam leer. Für einen Moment hörte ich auf zu atmen. Ich fühlte mich wie damals, als sie Schluss gemacht hatte. Als befände ich mich tief unter Wasser, ohne Boden unter den Füßen und völlig losgelöst.

Mein Schweigen verpestete die Luft. Sandra hatte eine andere Reaktion erwartet.

Ihr Körper verspannte sich, ich konnte es regelrecht spüren.

»Wollte dir die neuen Aufnahmen mal vorspielen!«, sagte sie

plötzlich, als hätte sie nicht eben eine ziemlich bedeutende Ansage gemacht, und sprang vom Sofa auf. »Die *Coloured Pieces.* Ende August haben wir das erste Konzert mit mir als Lead-Sängerin. Da musst du unbedingt kommen! Angeblich ist auch ein Talent-Scout von der Popakademie da. Ich muss also gut sein. Ich muss! Ich *muss*!«

Das wusste ich, sie hatte es mir in der E-Mail geschrieben. Den Termin hatte ich mir im Kalender fett angestrichen.

Sie schob eine CD in ihre nagelneue Anlage. Sandra hatte eine alte und eine neue Stereoanlage, einen Plattenspieler und ein Internetradio. Musik war einfach überlebenswichtig für sie.

Ein harter Gitarrenriff dröhnte durch den Lautsprecher, dann erklang Sandras Stimme dazu.

»Geil, oder?« Sie hüpfte durch das Zimmer, packte sich ihr Ledermäppchen, das auf dem Schreibtisch lag, und hielt es sich an den Mund, als wäre es ein Mikrofon. Dann sang sie lautstark mit.

Die Showeinlage war echt beeindruckend, ihr Tanzstil war inzwischen perfekt. Sie wusste außerdem genau, was für eine Wirkung ihre Stimme auf Zuhörer hatte. Sie konnte Dinge mit ihrer Stimme anstellen, die waren wirklich phänomenal. Jeder neue Ton zauberte einem eine Gänsehaut auf den Rücken.

Als der Song zu Ende war, ließ sie ihre Hüften kreisen, stemmte gähnend den linken Arm in die Seite und schlug die Augenlider lasziv auf und zu.

»Hast du ein Praktikum bei Madonna gemacht?« Ich musste lachen.

Sandra spitzte ihre Lippen zu einem Kussmund. Sie war echt heiß. Ich fragte mich, wie dieser Trottel Florian es geschafft hatte, es sich mit dieser Wahnsinnsfrau zu verscherzen. Er hatte alle Chancen bei ihr gehabt und doch stand sie jetzt vor mir und warf mir ziemlich eindeutige Blicke zu.

Ein neuer Song begann, eine Ballade, und Sandra wiegte sich sanft im Takt dazu. Sie fing wieder an zu singen, mit einem rauchigen Ton in der Stimme, als wäre sie leicht beschwipst und hätte gerade jetzt einen Typen wie mich unglaublich nötig.

Hitze stieg mir vom Rücken in den Nacken. Ich lehnte mich auf dem Sofa zurück und starrte sie an. Schön sah sie aus und diese Stimme gab mir echt den Rest.

Mit Lea würde ich so etwas nie erleben.

Sandra tanzte näher.

»Und, läuft was zwischen dir und dieser … Kleinen?« Sie hatte aufgehört zu singen und stand jetzt mit wippenden Hüften vor mir. Ich schluckte.

»Na ja. Eigentlich nicht. Momentan sind wir zerstritten.«

Sandra grinste. »Das ging aber schnell. Calimero hatte schon Angst, dass es was Ernstes wird.«

Ich entdeckte ein neues Foto an der Wand. Sandra und Florian in enger Umarmung. Das Bild war höchstens zwei Wochen alt.

»Wieso Angst?« Auf einmal war die Stimmung dahin. Eben war ich noch aufgeheizt gewesen und Lea war irgendwo in die hinterste Schublade meines Bewusstseins gerückt. Aber Sandras Satz und das Foto hatten Lea direkt in dieses Zimmer katapultiert.

Sandra zog scheinbar gleichgültig die Schultern nach oben. »Mal ehrlich, wie sollte das funktionieren, du und sie? Du könntest dann doch so ziemlich alles vergessen. Disco, Partys, Kino oder Musik. Alles, was cool ist, könntest du dann nicht mehr machen.«

Sie hatte recht und doch wieder nicht. Es gab einige ziemlich coole Sachen, die ich mit Lea machen konnte. Aber Sandra fuhr schon fort.

»Auch für deine Eltern wäre das doch eine Zumutung. Stell dir mal vor, du bringst diese Lena zu dir nach Hause mit. Sollen deine Eltern plötzlich Gebärdensprache lernen? Das glaubst du doch selber nicht!«

»Sie heißt Lea«, verbesserte ich.

Es war komisch, Sandra so auf mich einreden zu hören – und im Hintergrund lief ein Song nach dem anderen von ihr. Es war, als würde sie doppelt mit mir sprechen. Singen und reden im Duett.

Mein Blick glitt über die vielen Fotos von ihr. Der ganze Raum war erfüllt von Sandra, es war schwer, sich ihr zu entziehen.

»Du musst auch mal an Iris denken. Eine Freundin, die da-hockt, als hätte sie ihre Zunge verschluckt. Die keinen Scherz reißen kann und sich nicht an den Gesprächen beteiligt. Da kannst du auch gleich was mit einer Schaufensterpuppe an-fangen.«

Auf einmal wurde es mir zu viel. Die zwei Stimmen von San-dra, die vielen Bilder an ihrer Wand und Florian, der hämisch zu mir herunterblickte. Das Parfüm, das sie so liebte, hing über dem Raum wie ein leeres Versprechen.

»Ich glaube, ich gehe jetzt«, sagte ich barsch.

»Bist du sicher, dass du das willst?« Sandra hörte auf mit ihrem Hüftgewippe, schob mich sanft auf das Sofa zurück und setzte sich auf mich. Unsere Gesichter berührten sich fast. »Lass uns nicht streiten!« Sandras Stimme bekam einen ein-lullenden Klang. »Ist sowieso überflüssig, jetzt, wo wir zwei wieder zusammen sind. Du kannst die Kleine natürlich gerne weiter treffen. Aber bilde dir bloß nicht ein, dass mit ihr irgendwas läuft!« Sie kicherte, als hätte sie einen Witz gemacht.

Sie zog sich das Top aus und rückte näher. Der BH war neu, ein verspieltes Wäschestück mit weißer Spitze, vorne im Ausschnitt baumelte ein silbernes Plastikherz. Vielleicht hatte sie sich das Ding für Florian gekauft, der dann zu besoffen gewesen war, es ihr auszuziehen.

»Ich bin das ganze Wochenende allein«, flüsterte Sandra. Sie küsste mich auf die Stirn. »Mama ist spontan mit einer Arbeitskollegin weggefahren. Irgendein Städtetrip.«

Ich merkte, wie ich erregt wurde. Ich hatte die ganze Situation überhaupt nicht unter Kontrolle.

Sandra zwinkerte mir zu. »Dachte ich doch, dass du willst. Du weißt, dass es genug Typen gibt, die dich um mich beneiden?«

Sie griff sich an den Rücken und machte sich selbst den BH auf. Er glitt von ihrem Körper und ihre schweren Brüste hingen jetzt direkt vor meinem Gesicht.

»Bestimmt«, sagte ich. Ich versuchte, langsam zu atmen.

Sandra schüttelte den Kopf. »Weißt du, das wäre doch irgendwie lächerlich. Wenn die Tussi, mit der du nach mir zusammen bist, ausgerechnet taub ist. Für mich wäre das ein komisches ... ein komisches Gefühl. Als würdest du mir eins auswischen wollen.«

»Was meinst du damit?« Irritiert sah ich sie an.

»Na ja. Wie wirkt das, wenn meine Nachfolgerin ein Mädchen ist, das neben dem Busticket einen Schwerbehindertenausweis im Geldbeutel herumträgt?« Sie kicherte. »Ist doch klar, dass du in die nicht echt verknallt warst, sondern das alles nur gemacht hast, damit ich mich scheiße fühle. Um mich vor allen anderen bloßzustellen und zu demütigen. Na ja, ich vergebe dir ...« Sie küsste mich auf die Nasenspitze. »Du hast das alles nur eingefädelt, weil du mich zurückhaben wolltest. Aber jetzt kannst du es zugeben: Diese Frau spielt in einer absolut anderen Liga als ich. Sie ist nicht mal im Ansatz eine ernst zu nehmende Konkurrenz für mich! Ist sie nie gewesen.«

Ich rückte Sandra sanft zur Seite und stand auf. Es stimmte, Männer waren wirklich schwanzgesteuert. Aber ein paar meiner Gehirnzellen arbeiteten trotzdem noch. »Ich muss jetzt gehen«, sagte ich.

Sandra sah mich fassungslos an. »Das ist nicht dein Ernst!«

Ich nickte verlegen. »Tut mir leid. Aber ich finde es nicht gut, wenn wir jetzt zusammen im Bett landen.«

Sandra lachte ungläubig auf. »O. K., wenn du meinst! Ich hoffe, du wirst das in spätestens fünf Minuten bereuen.« Wütend streifte sie sich ihren BH wieder über. Ihr lasziver Blick war verschwunden, stattdessen sah sie mich vorwurfsvoll an. Sie saß in einer bockigen Haltung auf dem Sofa – es sah auf einmal aus, als würde sie frieren.

»Ich habe dir Zeit gegeben«, erklärte ich ganz ruhig. Mein Puls hämmerte und es war schwer, meine Erregung in den Griff zu kriegen. Sieben Wochen hatte Sandra mich im Unklaren darüber gelassen, ob jemals wieder etwas zwischen uns lief. Und seit der Nacht im Zelt hatten wir keinen Sex mehr gehabt. Beim Anblick ihrer nackten Brüste schien mein Kopf zu explodieren. Trotzdem konnte ich nicht. Oder wollte nicht. Nicht jetzt auf jeden Fall, nachdem sie mich so lange auf Abstand gehalten hatte. Nicht, während dieses Scheißfoto von Florian an ihrer Zimmerwand hing, und nicht nach diesem ätzenden Kommentar.

Sie kannte Lea überhaupt nicht. Und sie kannte mich nicht. In dieser Angelegenheit hatte sie mich falsch eingeschätzt.

»Ich habe dir Zeit gegeben, dich zu entscheiden. Und jetzt brauche ich eben Zeit.« Ich sah Sandra an. Es gab einiges, über das ich mir erst klar werden wollte.

Ich ging zur Tür und drehte mich noch einmal zu ihr um. »Warum denkst du eigentlich, dass wir es noch mal versuchen sollten?« Meine Frage klang ungewohnt angriffslustig.

Ich wollte ja glauben, dass sie sieben Wochen lang jede Nacht wegen mir geheult hatte. Ich wollte glauben, dass sie mich ehrlich vermisste, begriffen hatte, wie groß ihre Liebe zu mir war. Aber ganz tief im Inneren hatte ich den Verdacht, dass es nur um ihr verletztes Ego ging.

Vielleicht wollte Sandra es wirklich nicht akzeptieren, dass ihre Konkurrentin jemand war, der sich Musik noch nicht mal vorstellen konnte. Alle bewunderten sie für dieses große Talent – aber in Leas Welt existierte diese Fähigkeiten überhaupt nicht. Aus Leas Sicht war Sandra nur ein hübsches blondes Mädchen unter vielen. Ohne etwas, das sie besonders machte. Ohne eine spezielle Begabung. Ein Teil einer schwitzigen Welle, die sich über einen Tanzboden schob.

Vielleicht wollte Sandra aber auch einfach die Gewissheit, dass sie mich immer und überall haben konnte. Dass sie nur mit dem Finger zu schnippen brauchte und ich warf alles andere für sie hin.

Eigentlich tat es mir total gut, einmal die Situation umzukehren.

Das stimmte, es gab genügend Typen, die mich um diese Gelegenheit beneideten. Fast jeder Gitarrist im Umkreis von 40 Kilometern stand auf sie. Aber es gab bestimmt auch Mädchen, die sich für mich interessierten. Ich hatte keinen Bock mehr, der ewige Trostpreis zu sein.

Sie hatte sich beschwert, dass ich so lasch und ohne Eigeninitiative war. Das konnte sie jetzt kaum von mir behaupten.

»Manchmal kannst du richtig gnadenlos sein!«, sagte sie und zog sich wieder an.

»Du auch«, erinnerte ich sie.

Sie stand vom Sofa auf und gab mir einen Abschiedskuss. »Zu meinem Konzert kommst du aber, O. K.?«

Sie küsste mich noch mal und ihre rechte Hand strich mir über das Haar. Sandra war eine Hellseherin: Fünf Minuten waren um und ich bereute, die Gelegenheit nicht genutzt zu haben.

Ich war nicht gerade in einer Situation, in der es Sex im Überangebot gab.

»Mika?«

Ich sah sie an.

»Bis zum Konzert musst du dich aber entscheiden. Ich bin niemand, der einem Typen hinterhertrauert oder ewig auf ihn wartet. Das weißt du genau.«

Das wusste ich. Bis zum Konzert waren es noch genau 14 Tage.

20 Am nächsten Tag schlug das Wetter endlich wieder um und ich machte eine Radtour mit Iris. Unsere Mutter war mit Tante Vera zu einer Gartenausstellung gefahren und würde erst am späten Abend wiederkommen. Papa war noch immer mit seinen Wanderfreunden fort.

Weder von Sandra noch von Lea hatte ich eine Nachricht erhalten. Inzwischen fragte ich mich ernsthaft, ob es gestern nicht der größte Fehler meines Lebens gewesen war, Sandra so halb nackt sitzen zu lassen.

»Ich bin jetzt nämlich auch verliebt«, sagte Iris. Wir waren einmal um den See geradelt und saßen bei Spezi und Brezeln in einem Biergarten direkt am Wasser.

»Was heißt hier auch?«

»So wie du und Sandra!«, erklärte Iris. »Wir wollen heiraten und vielleicht sogar einen Hund.«

»Sandra und ich haben uns getrennt«, erklärte ich zum hundertsten Mal. Meine kleine Schwester würde das nie kapieren! »Und wer ist der Glückliche?« Die Familie am anderen Ende unseres Tisches stand auf und verschwand in Richtung Fahrradständer.

»Amira«, erklärte Iris stolz. »Sie ist richtige Türkin und ihr Papa hat ein Restaurant.«

Ich trank von meinem Spezi. Super. Wenn Iris jetzt lesbisch war und demnächst ihre türkische Gastronomie-Geliebte präsentierte, würde es vielleicht nicht allzu sehr auffallen, dass meine Freundin verdächtig wenig sprach. Ob Iris das ernst meinte? Gab es das, Lesben mit sieben?

»Habt ihr euch schon geküsst?«, fragte ich vorsichtig.

Iris sah mich irritiert an. »Nein. Wir spielen Vater, Mutter, Kind. Aber wir streiten uns immer, wer der Vater sein muss!«

»Ist hier noch frei?« Ein Mann sah zu mir herüber. Neben ihm stand seine Frau und dahinter ...

»Hi Alter!« Es war Kevin, Franzis Bruder, der im Freibad für mich und Lea gedolmetscht hatte. Ich stand auf. Tatsächlich konnte ich nun auch Franzi und Marcel auf uns zusteuern sehen.

Als die beiden mich entdeckten, konnte ich so etwas wie Freude in ihren Gesichtern erkennen. Trotz des Streits, den wir im Auto ausgefochten hatten.

»Ach, ihr kennt euch?« Franzis Vater drehte sich um und redete in Gebärdensprache auf seine Tochter ein. Sie nickte. Irgendwo in dem Kauderwelsch aus herumfliegenden Händen konnte ich die Namensgebärde für Lea erkennen.

»Können wir uns zu euch setzen?«, fragte Franzis Mutter freundlich.

»Au ja!« Iris rückte zur Seite. Ich bemerkte sofort, wie sie Kevin anhimmelte. Die türkisch-lesbische Phase war also schon wieder vorbei.

Franzi und Marcel setzten sich mir gegenüber. Der ganze Tisch redete in Gebärdensprache wild durcheinander, Franzi lachte laut auf.

Hin und wieder übersetzte Franzis Mutter ein paar Wortbrocken für mich, es ging um eine Reise nach Berlin, die Franzi und Marcel in der letzten Ferienwoche planten. Marcel hatte eine Tante dort, die eine Schneiderei besaß.

»K-n-u-t-s-c-h-f-l-e-c-k!«, hörte ich Kevin meiner Schwester erklären. Seine Hände machten eine ziemlich eindeutige Gebärde und Iris machte es ihm nach. Der Anlass war erkennbar: Franzi hatte einen Knutschfleck am Hals, der aussah, als hätte sie sich mit literweise heißem Wasser verbrüht. So würde meine Mutter mich nie auf die Straße gehen lassen.

»Warum können Sie Gebärdensprache?«, fragte ich irgendwann.

Franzis Mutter überlegte. »Vielleicht liegt es daran, dass Franzi unser erstes Kind war«, meinte sie. »Sie hat selbst Gebärdensprache im Kindergarten gelernt und es später ihrem kleinen Bruder beigebracht. Es war schön zu beobachten, wie die beiden perfekt kommunizierten. Mein Mann und ich haben dann auch Unterricht genommen.«

Ich nickte. Franzis Vater wandte sich mir zu. »Aber es war keine leichte Entscheidung damals. Sogar manche Experten haben uns empfohlen, möglichst wenig Gebärdensprache zu benutzen. Sie fanden es wichtiger, dass Franzi sprechen und von den Lippen lesen lernt. Der Unterricht findet ja auch eher durch Lippenlesen statt. Bis vor Kurzem war Gebärdensprache an den Schulen für Gehörlose sogar verboten und die wenigsten Lehrer konnten es! Lippenlesen beherrscht Franzi zwar recht gut, aber unsere Erfahrung ist, dass intensive Gespräche eigentlich nur in Gebärdensprache möglich sind.«

»Wie lernt man denn sprechen, wenn man seine eigene Stimme nicht hört?« Jetzt war ich neugierig geworden.

»Es gibt Fördereinrichtungen«, erklärte Franzis Vater knapp. »Die ganze Kindheit über musste Franzi immer wieder ins audiologische Zentrum. Die Therapeutin zeigte ihr, wie es sich im Hals anfühlen muss, wenn sie einen bestimmten Buchstaben ausspricht. Wie die Zunge liegen muss, wie die Luft fließen sollte. Das ist harte Arbeit. In der Schule gab es dann Artikulationsunterricht. Das hat Franzi gehasst. Sie mussten sich gegenseitig in den Mund fassen und die Lehrer waren richtig streng.«

Ich sah verstohlen zu Franzi hinüber. In ihrer Familie blühte sie regelrecht auf. Die Szene hatte überhaupt keine Ähnlichkeit mit meinem frustrierenden Erlebnis bei Lea zu Hause.

»Kevin! Hör sofort damit auf!« Franzis Mutter sah streng zu ihrem Sohn hinüber. Offenbar hatte er meiner kleinen Schwester eine Gebärde gezeigt, die man nicht gerade in der Öffentlichkeit benutzte.

Mit Unschuldsmiene sah Iris mich an und grinste.

»Und du bist mit Lea zusammen?«, fragte Franzis Mutter. Ich schüttelte den Kopf. »Nein. Wir kennen uns bloß. Nichts weiter.«

»Sie ist ein nettes Mädchen.«

Volltreffer! Ich nickte. »Nett, aber schwierig.«

Franzi stand auf und setzte sich neben mich. Ich konnte nicht anders, ich musste ständig auf ihren Knutschfleck starren. Er war tiefrot. Es sah aus, als hätte Marcel sie gebissen.

»Lea vermisst dich«, gebärdete sie so, dass die anderen es nicht mitbekamen.

Ungläubig sah ich sie an. »Woher weißt du das?«

»Sie hockt nur noch in ihrem Zimmer und sieht ihre seltsamen Filme an. Und sie hat geheult, als ich heute Vormittag mit ihr gesprochen habe.«

»Geheult?«

»Na ja.« Franzi zog die Schultern hoch, »sie sah zumindest verheult aus und ich bin sicher, es hat mit dir zu tun.«

• • •

»Vielleicht bin ich jetzt doch in Kevin verliebt«, sagte Iris, als wir unsere Räder in der Garage verstauten.

Das Auto unseres Vaters war wieder da, er war also doch ein wenig früher nach Hause gekommen.

»Du hast ja noch ein bisschen Zeit, es dir zu überlegen«, tröstete ich Iris.

»Darf ich noch rüber zu Ida?« Das war Iris' beste Freundin. Sie wohnte im Nachbarhaus, sammelte Playmobilfiguren und herrschte wie eine geisteskranke Diktatorin darüber. Ständig hingen irgendwelche zum Tode verurteilten Plastikmännchen im Apfelbaum oder lagen in der Einfahrt, um vom Auto überfahren zu werden. Irgendwas stimmte mit dem Mädchen nicht. Ich war froh, dass Iris sich nicht in Ida verknallt hatte.

»Ja, aber komm spätestens zum Abendessen zurück.« Iris verschwand und ich machte mich auf in Richtung Haus.

Als ich aufsperrte, lehnte mein Vater im Türrahmen. Er hatte eine Flasche Bier in der Hand und schien betrunken zu sein.

»Geht's dir gut, Papa?«

Ich ließ meinen Rucksack fallen und ging auf meinen Vater zu. Er hatte Augenringe und sah echt beschissen aus. Ein beißender Geruch nach Alkohol hing in der Luft. Er drehte sich um, schwankte und stieß sich beinahe an der Tischkante.

Obwohl wir uns so voneinander entfernt hatten, war sie schlagartig wieder da: die Vertrautheit und Nähe von früher.

»Papa, du hattest genug!«

Ich nahm ihm die Bierflasche ab, ging in die Küche und leerte die braune Flüssigkeit aus. Neben der Spüle stand eine angebrochene Flasche Whiskey. Ich stellte sie in den Kühlschrank. Zum Glück war meine Mutter unterwegs und sah meinen Vater nicht in diesem Zustand.

Er betrachtete mich aus roten Augen. »Danke, Junge!«, sagte er schleppend, als hätte ich ihm ein Geschenk gemacht. »Kriegst eine Taschengelderhöhung!«

»Geh ins Bett und schlaf dich aus.« Ich deutete zur Treppe.

Mein Vater nickte träge. Dann starrte er mich schon wieder an. »Weißt du, Mika. Man denkt immer, man ist irgendwann erwachsen und steht über den Dingen. Aber das ist nicht wahr. Soll ich dir mal was verraten?«

Ich reagierte nicht. Die Situation überforderte mich. Ich hatte Mitleid mit ihm, auf der anderen Seite wollte ich nichts wie weg. Was genau wollte er mir sagen?

»Eines Tages wachst du auf und bist vierzig. Aber die Gefühle ... das ist immer noch wie damals, als du 16 warst!«

Mein Vater redete wirklich blanken Unsinn.

»Ich hab Mist gebaut, Mika. Ganz großen Mist.«

Ein unangenehmes Zwicken machte sich in meiner Magengrube bemerkbar. Was immer es war, ich wollte es nicht hören.

»Man baut manchmal Mist«, sagte ich tröstend. »Das ist normal.«

Ich dachte an Lea. Ich liebte sie, trotzdem hatte ich mich mit ihr im Auto gefetzt. Ich liebte auch Sandra, auf eine vertraute Art. Trotzdem hatte ich sie enttäuscht und halb nackt auf ihrem Sofa sitzen lassen.

Man machte manchmal schreckliche Dinge, obwohl man liebte. Oder vielleicht machte man sie gerade deshalb.

Ich liebe Lea, der Satz nahm in meinem Kopf langsam Gestalt an. Ich wiederholte ihn zwei-, dreimal in Gedanken und war einen Moment selbst überrascht davon.

»Was ist das für ein Gerücht mit dem tauben Mädchen?« Mein Vater wankte und hielt sich am Treppengeländer fest.

»Jutta hat von Sandra so was aufgeschnappt. Dass du dich in ein gehörloses Mädchen verknallt hast. Ich konnte ihr das überhaupt nicht glauben.«

»Es stimmt aber.«

Wir standen uns gegenüber wie in einem Theaterstück. Eine lustige Szene zwischen einem Besoffenen und seinem Sohn. Nur der Text kam mir seltsam vor, überhaupt nicht zum Lachen.

»Echt schwach, dass du uns nichts davon verraten hast. Deiner Mutter und mir. So was wollen wir doch nicht von einer Fremden erfahren.«

»Jutta ist doch keine Fremde.« Ich sah meinen Vater an. Er schaute an mir vorbei und wurde rot. »Jutta ...« Er schnappte nach Luft, als wäre er am Ersticken.

Mein Blick schweifte zum Küchenfenster hinaus. Auf dem Nachbargrundstück tobten Iris und ihre Freundin durch den Garten.

»Du hast so komisch reagiert damals, auf Iris' Geburtstag. Außerdem hatte ich immer das Gefühl, dass ihr so sehr an Sandra hängt. Weißt du, Lea ist ziemlich anders als sie«, versuchte ich ihm zu erklären.

»Jeder Mensch ist absolut anders. Das macht es ja gerade aus!«

Diktatoren-Ida war gestürzt und meine Schwester half ihr wieder auf die Beine.

»Und, stellst du uns dieses Mädchen irgendwann vor?« Mein Vater schien langsam wieder nüchtern zu werden.

Ich hielt den Kopf schief. »Momentan will sie mich nicht mehr sehen. Wenn sich das mal ändern sollte, gern.«

»Gut, dann geh ich jetzt nach oben und leg mich hin.«

Auf der dritten Treppenstufe drehte er sich noch mal um. Er kam zu mir zurückgestolpert und zog mich an sich. So standen wir eine ganze Weile, eng umarmt, wie damals, als mein Opa gestorben war.

»Danke, Mika!«

»Für was?«

»Keine Ahnung. Für dies oder das. Für alles.«

21 Ich sah sie auf der anderen Straßenseite. Den ganzen Vormittag über hing ich schon in ihrem Viertel ab, in der Hoffnung, sie irgendwo zu entdecken. Dann war sie wie aus dem Nichts bei der Metzgerei aufgetaucht und verschwand in der Bäckerei gegenüber. Sie hatte mich nicht bemerkt.

Eine Woche lang hatte Lea sich inzwischen nicht bei mir gemeldet. Ich hatte ihr einen französischen Film geschickt und ihr ein paar versöhnliche Zeilen dazu geschrieben. Aber wahrscheinlich hatte Franzi unrecht gehabt. Lea hatte gar nicht wegen mir geheult. Wenn man Liebeskummer hatte, meldete man sich, wenn einem der andere ein Zeichen gab.

Lea hatte mein Zeichen ignoriert und sich nicht mal für das Päckchen bedankt. *Zusammen ist man weniger allein.* Ich hatte gehofft, dass sie den Titel des Films als Aufforderung auffassen würde.

Einen Moment dachte ich daran, einfach weiterzugehen. Lea wollte nichts von mir, das hatte ich inzwischen begriffen. Sandra pochte auf eine Entscheidung, worauf also wartete ich noch?

Trotzdem nahm ich mir ein Herz und überquerte die Straße.

Ich schob die Tür auf, die Glocke über dem Eingang klirrte.

Alle außer Lea schauten sich um.

Ich lächelte verkrampft.

Vorne kam Lea an die Reihe. »Roggenbrot«, sagte sie laut und deutete mit dem Zeigefinger darauf. Es hörte sich ziemlich verunglückt an, nicht einmal das Wort »Brot« konnte man richtig verstehen. Aber sie zeigte direkt auf den Laib, den sie wollte, man konnte also kombinieren, was Sache war.

Eine alte Frau neben ihr fuhr wie angeschossen herum und glotzte Lea feindselig an.

»Betrunken, und das am Vormittag. Das ist doch wirklich die Höhe!«

»Ich glaube, sie ist geistig behindert«, murmelte der Mann hinter Lea beschwichtigend.

»Roggenbrot«, wiederholte Lea tapfer.

Die Bäckereiverkäuferin sah sie verständnislos an. Dann gähnte sie, griff ins Regal und packte ein Sonnenblumenbrot ein.

Lea zahlte, drehte sich um und blieb wie angewurzelt vor mir stehen.

Ich konnte nicht sagen, ob sie sich freute oder ärgerte, dass sie mich sah. Sie stand einfach nur da, mit leerem Gesichtsausdruck, und wirkte müde.

»Hallo«, sagte ich in Gebärdensprache.

Sie nickte. »Toll. Du erlebst mich immer in den schönsten Situationen, die es für Gehörlose auf diesem Planeten gibt! Komm mich doch das nächste Mal in der Schule besuchen. Dann hast du alle Höhepunkte meines Alltags in kürzester Zeit durchgemacht.« Sie verdrehte die Augen und ich musste lächeln.

»Lach nicht. Du weißt überhaupt nicht, wie das ist. Wenn du ständig angestarrt wirst, als wärst du ein Freak. Einmal im Leben möchte ich in einem Laden etwas einkaufen, ohne dass alle mich anglotzen. Außerdem hasse ich Sonnenblumenbrot.«

Aufmunternd sah ich Lea an. »Wusstest du, dass Goldfische seekrank werden können?« Das hatte ich heute Morgen im Radio gehört. Unnützes Wissen. Ich hatte es mir für Lea gemerkt.

Lea lächelte. »Soll mich das trösten?«

»Irgendwie schon. Ist bestimmt auch doof. So ein seekranker Goldfisch zu sein.«

Die alte Frau von eben kam auf uns zugesteuert. Sie hatte drei Tüten voller Schmalzgebäck gekauft. Als sie mich mit Lea gebärden sah, wich ihre Feindseligkeit einer deutlichen Faszination.

»Ach so, die Kleine ist taubstumm«, sagte sie.

»Na ja, stumm ist sie nicht gerade«, antwortete ich für Lea. »Das haben Sie ja gerade mitbekommen. Sie ist gehörlos, das ist alles.«

Die Frau musterte Lea mitleidig. »Entschuldigung!«, schrie sie ihr ins Ohr. »War nicht so gemeint! Ich habe auch eine schwerhörige Schwester!«

Lea nickte. »Blödes, faltiges Monster!«, antwortete sie ihr in Gebärdensprache und lächelte nett.

Die alte Frau strahlte. »Faszinierend, diese Gebärdensprache. So voller Poesie!«

Sie zwängte sich an uns vorbei nach draußen.

Lea und ich sahen uns an. Und lachten.

• • •

»O. K. Willst du immer noch behaupten, du wärst nicht in meine kleine Schwester verknallt?« Cindy saß neben mir auf der Eckbank und legte eine rote UNO-Karte auf den Tisch.

Lea hatte mich spontan zum Mittagessen zu sich nach Hause mitgenommen. Diesmal war alles reibungslos verlaufen.

Lea und ich unterhielten uns zu zweit am Tisch und ihre Mutter erzählte eine lustige Geschichte aus Leas Kindheit, die Lea sogar verstand. Ich hatte sie genau beobachtet. Sie pickte sich immer wieder einige Wortfetzen, die sie ablesen konnte, heraus und bastelte sich so den Inhalt der Story halbwegs zusammen.

In der Erzählung ging es darum, dass Lea lange, fast bis zum Alter von sieben, gedacht hatte, dass Tiere sprechen konnten. Sie hatte diesen Schluss gezogen, weil sie beobachtet hatte, wie die Katze der Nachbarn ihren Mund öffnete und die Nachbarin dann auf das Tier einredete und ihm zu fressen gab. Außerdem hatte Lea irgendwann einen Comic über drei Schweinchen gelesen. Wegen der Sprechblasen war sie ganz selbstverständlich davon ausgegangen, dass sich Tiere ganz normal unterhielten.

Erst in der zweiten Klasse war das Missverständnis aufgeklärt worden.

Jetzt spülte Lea ab, ihre Eltern hatten sich auf die Terrasse verzogen und ich tat mein Bestes, mich bei Cindy einzuschleimen. Wer wusste es schon, vielleicht war sie ja irgendwann meine Schwägerin. Ich ließ sie absichtlich beim UNO-Spiel gewinnen.

»Wir sind nur befreundet«, sagte ich und mischte die Karten neu. »Aber ich gebe zu, ich finde sie toll.«

Cindy teilte die Karten aus. Sie hatte mir ein echt gutes Blatt gegeben.

»Warte, bis du sie mal in Aktion erlebst. Lea kann richtig aggressiv sein, das kannst du mir glauben.« Sie legte eine Nuller-Karte aus und wir tauschten die Stapel.

»Wieso?«

»Na ja, wenn sie auf der Straße angesprochen und stehen gelassen wird. Wenn jemand sie nach dem Weg oder der Uhrzeit fragt und kapiert, dass sie nichts hören kann. Die meisten Leute gehen dann einfach weiter. Das kann sie überhaupt nicht leiden und macht die Armen immer hemmungslos an. Verwickelt sie in nervige Grundsatzdiskussionen. Wenn du da zufällig dabei bist, ist das ganz schön peinlich! Uno!« Ich legte eine blaue Karte aus. »Uno Uno!« Cindy legte ihre letzte Karte auf den Stapel. Sie hatte gewonnen.

Lea ließ das Abwasser ab und neues Wasser ins Spülbecken laufen. Dann drehte sie sich um und räumte das getrocknete Geschirr ins Regal.

»Gleich passiert's!«, sagte Cindy. »Das ist ein Klassiker.«

Ich verstand nicht, worauf sie hinauswollte. Cindy deutete zur Spüle hinüber. Das Wasser schoss aus dem Hahn, das Becken war fast voll.

Trotzdem räumte Lea weiter seelenruhig das Geschirr ein. Nicht ein Mal hatte sie sich bisher nach dem laufenden Wasser umgedreht.

Cindy stützte den Kopf in die Hand. Dann erhob sie sich, ging zur Spüle und drehte das Wasser ab.

»Weißt du, wie oft Lea unsere Küche schon geflutet hat? Und das Badezimmer? Sie hat inzwischen ein Badeverbot und darf nur noch duschen. Weil sie das Wasser nicht rauschen hört, vergisst sie ständig, den Hahn rechtzeitig abzudrehen.«

Lea war fertig mit Einräumen und drehte sich um. Als ihr Blick auf ihre Schwester neben dem übervollen Spülbecken fiel, wurde sie rot. »Mist«, murmelte sie in Richtung von Cindy. Die warf ihr einen vorwurfsvollen Blick zu und kam zu mir zurück. »Siehst du?«, sagte sie. »Ich hab's dir ja gesagt.«

Es gefiel mir überhaupt nicht, wie sie in Leas Gegenwart über sie redete.

»Du bist dran!« Cindy reichte mir die Karten.

Diesmal würde ich alles daransetzen, dass sie verlor!

●　●　●

»Danke übrigens. Der Film war schön«, sagte Lea, als wir endlich allein in ihrem Zimmer waren. Sie hatte die Vorhänge ihres Bettes zur Seite geschoben und wir hockten auf der Matratze und unterhielten uns. Die Situation machte mich nervös. Ständig lauschte ich nach Schritten im Flur, obwohl wir gar nichts Verbotenes machten.

»Warum hast du den Kontakt zu mir abgebrochen?« In der letzten Woche hatte ich in Bines Kurs unglaubliche Fortschritte gemacht. Aber es würde noch einige Jahre dauern, bis ich die Sprache auch nur annähernd beherrschte, das war mir inzwischen klar geworden. Für Lea waren meine stümperhaften Gebärden wahrscheinlich ein einziges Kauderwelsch, aus dem sie sich wie beim Lippenlesen mühsam den Sinn zusammenreimen musste.

»Ich musste nachdenken«, antwortete Lea. Unsere Schultern berührten sich. Ich hatte das dringende Bedürfnis, sie endlich zu küssen. Ich wollte sie anfassen, ihr lockiges Haar streicheln. Ich wollte meinen Kopf an die Stelle zwischen ihrem Hals und ihrer Schulter legen. Ihren Geruch einatmen. Ich wollte …

»Ich wollte den Kontakt nicht abbrechen«, fuhr Lea fort. »Aber du musst zugeben, diese Geschichte ist irgendwie kompliziert!«

»Liebe ist immer kompliziert!«, sagte ich. Mein Herz pochte. Ich hatte endlich von Liebe gesprochen und nicht so getan, als ginge es nicht exakt darum.

»Aber das hier ist komplizierter«, sagte sie. »Unsere Leben sind völlig unterschiedlich, siehst du das nicht?«

Mein Blick huschte über das Faxgerät und das Bildtelefon. »Wusstest du, dass die meisten Gehörlosen auch Gehörlose heiraten?«, fragte sie.

Ich schüttelte den Kopf.

»Es gibt eigene Reisebüros für Gehörlose, eigene Diskotheken und Clubs. Wir haben unsere eigenen Witze, unsere eigene Sprache, unsere eigene Kultur. Wir haben auch unsere eigenen Probleme, Ängste und Schwierigkeiten. Wir haben unsere ganz eigene Welt und die hat mit der Welt der Hörenden verdammt wenig zu tun!«

Ich nickte. »Trotzdem kann man viele Sachen doch auch gemeinsam machen!«, erinnerte ich sie. »Das Signmark-Konzert, das war doch toll!«

Wir hingen beide unseren Gedanken nach. Der Streit über das Kinderthema fiel mir wieder ein. Lea und ein gehörloses Kind? Das musste man ja erst einmal zeugen. Bei der Vorstellung war ich nahtlos bei meiner Lieblingsfantasie angelangt. Selbst wenn ich mir ernsthafte Gedanken über uns machte, landete ich zwanghaft immer beim Thema Sex.

Gab es Gehörlosen-Sex? Ganz sicher nicht. Es gab Sex zwischen Menschen. Gut, auf Dirty Talk musste man wahrscheinlich verzichten, aber darin war ich sowieso nicht sonderlich gut.

»Manche Sachen sind aber auch gleich«, murmelte ich. Ich hatte nicht in Gebärdensprache gesprochen, aber Lea hatte das entscheidende Wort von den Lippen abgelesen. Wir sahen uns direkt an, für einen Moment verlor ich mich in ihren grünen Augen.

»Was ist gleich?«, fragte Lea laut. Diesmal hatte sie sehr deutlich gesprochen. Ich hatte jedes Wort verstanden.

»Das zum Beispiel!«, sagte ich. Ich beugte mich zu ihr und küsste sie. Es fühlte sich so verdammt sexy an, unsere Lippen ganz sanft aufeinander. Unsere Zungen suchten sich erst zärtlich, dann immer leidenschaftlicher. Meine Hand wanderte unter ihr Shirt. Lea war so weich, für einen Moment dachte ich, ich müsste sterben.

»Nicht hier.« Lea schob meine Hand zurück. Ihr Gesicht sah erhitzt aus und ich vergrub meinen Kopf in ihrem Haar.

Als ich mich wieder aus unserer Umarmung befreite, lächelte Lea breit.

»O. K. Das war dann wohl die Schnittmenge zwischen unseren beiden Welten«, buchstabierte sie.

Diese Schnittmenge gefiel mir, obwohl ich in Mathe ein echter Loser war.

»Gehen wir nächste Woche zusammen zum Freiluftkino im Freak City?« Lea sah mich hoffnungsvoll an.

Ich nickte benommen. Mein Gehirn war Brei, mein Körper eine einzige Adrenalin-Pumpe. In Zukunft würde ich alles mit Lea machen. Alles, was mir Gelegenheit verschaffen würde, sie zu sehen und den Kuss von eben fortzusetzen.

»Tommek zeigt *Cinema Paradiso*. Ein super Film!«

Der Titel sagte mir nichts.

»Wann ist das?«

»Genau in einer Woche. Nächsten Sonntagabend. Am 31. August.«

Scheiße. Sandras Auftritt. Die *Coloured Pieces* auf dem Open Air im Park. Der Talent-Scout, der sie sich anhören wollte. Ich hatte ihr fest versprochen hinzugehen. Wenn ich den Termin sausen ließ, war es endgültig aus. Definitiv und für immer.

»Ich habe ...« Ich warf Lea einen verlegenen Blick zu. »Ich habe meiner Exfreundin versprochen, zu einem Konzert von ihr zu kommen. Sie singt das erste Mal in einer neuen Band. Der Auftritt ist ziemlich wichtig.«

Lea nickte, als wäre das überhaupt nicht schlimm. »Klar. Ist schon in Ordnung. Ich gehe oft allein ins Kino. Das bin ich gewohnt.«

»Willst du mitkommen?« Ich sah sie flehend an. »Ich meine, zum Konzert.«

»Konzert ist schwierig für mich«, antwortete sie ernst. »Irgendwie fehlt mir der Zugang.«

Manchmal war sie einfach nur süß. Ich musste lachen.

Sie legte mir die Hand auf die Schulter. »Sag mal, kann es sein, dass deine Ex dich zurückhaben möchte?«

Ich hielt meinen Kopf schief. Wie hatte sie das jetzt wieder herausgekriegt?

»Vielleicht«, sagte ich.

»Und du? Willst du das auch?« Leas Wangen hatten endlich wieder eine normale Farbe angenommen. Immer noch spürte ich ihren Kuss auf meinen Lippen. Was hieß Fortsetzung in Gebärdensprache? Ich wollte nicht reden, sondern knutschen. Und das stundenlang.

Ich zuckte mit den Schultern. »Keine Ahnung, was ich will. Im Moment bin ich einfach nur ziemlich verwirrt. Verstehst du?«

»Klar!« Lea nickte.

Später, als ich wieder zu Hause war, schickte sie mir eine SMS. »Wusstest du, dass die Bulgaren den Kopf schütteln, wenn sie Ja meinen?«

Ich nickte mir selbst zu. Nein, das hatte ich nicht gewusst.

22 Ich saß mit Iris zwischen tausend CD-Hüllen auf dem Boden meines Zimmers, als es klopfte. Wir blickten hoch.

Ein gebräunter Calimero schob sich grinsend durch die Tür.

Augenblicklich war mein Ärger verflogen. Ich war ihm ehrlich dankbar, dass er den ersten Schritt machte und endlich zu mir kam. Die Zeit ohne ihn war mir wie eine Ewigkeit vorgekommen.

»¡Hola amigos!« Er leerte eine Plastiktüte neben Iris aus. Allerlei spanisches Süßzeug fiel heraus. Außerdem eine kitschige Tangotänzerin aus Plastik und zwei unbeschriebene Postkarten mit nackten Frauen drauf.

»Die Postkarten wollte ich eigentlich dir und Basti schicken. Kam aber nicht dazu!«

Iris schnappte sich die hässliche Plastikfigur. »Ist die für mich?«

»Eigentlich eher für Mika.« Calimero sah mich an. »Die aufblasbare Variante war mir zu teuer.«

»Idiot!« Ich stand auf und umarmte ihn.

»Ich schenke sie dir!«, sagte ich zu Iris, die schon wieder dabei war, beleidigt zu sein. Zufrieden drückte sie die Tänzerin an ihre Brust und wühlte weiter in den CD-Hüllen herum.

»Was macht ihr hier überhaupt?« Calimero warf sich auf mein Bett und betrachtete das Chaos von oben.

»Iris will eine Musik-CD aufnehmen. Sie ist ... verliebt.«

Iris nickte ernst. »Der Song soll auch drauf. Klingt witzig!«, sagte sie und deutete auf irgendeinen Titel auf einem Sampler.

»Das ist *Claudia hat 'nen Schäferhund* von den Ärzten. Das Lied kommt bestimmt nicht auf deine CD. Ist nichts für Kinder.«

Calimero lachte fies. Eine Zeit lang hatten wir ziemlich auf die Ärzte gestanden, vor allem auf die alten Songs.

»Und. Wer ist der Typ?«, fragte Calimero in Iris' Richtung.

»Amira«, sagte Iris. »Vielleicht schenke ich die CD aber auch Kevin, wenn Amira sie nicht mag.«

Calimero glotzte meine Schwester an. Dann sah er zu mir hinüber. »Programmänderung, während ich abwesend war? Habe ich richtig gehört? Amira? Hört sich ziemlich ... weiblich an.«

Ich verdrehte die Augen und nickte.

»Geil, Alter!«

»Spar dir deine dreckigen Fantasien.«

Iris hielt mir die nächste CD hin. Die gehörte Mama. »Das Lied mit den roten Rosen klingt schön!« Hildegard Kneef. Das würde Amira wahrscheinlich besser gefallen als der Skandal-Song von den Ärzten.

»Ja, kopiere ich dir auch. Aber jetzt ist dann gut. Zehn Lieder reichen.«

Ich dachte an Basti, der Ellen damals auch eine CD gebrannt hatte. Kurz bevor sie ein Paar geworden waren, hatte er sie für Ellen in stundenlanger Arbeit zusammengestellt. Kuschelsongs, Schnulzen, Liebeslieder. Sich gegenseitig Musik zu schenken, fand ich schon immer irre romantisch. Bei Sandra und mir hatte das auf der Tagesordnung gestanden. Meistens waren es Sandras eigene Lieder gewesen. Aber einmal hatte sie mir auch eine

CD mit den schlechtesten Lovesongs aller Zeiten geschenkt. Die Lieder waren wirklich scheiße, aber die Idee fand ich witzig und cool.

Sandra ... Ich wurde wehmütig.

Dann fiel mir plötzlich die CD für Calimero ein.

»Du kriegst auch 'ne CD!«, sagte ich und sprang auf.

»Von dir? Liebling, das wäre doch nicht ...«

»Ach, halt die Klappe!« Ich ging zu meinem Schreibtisch und warf ihm die Hülle zu. »Signmark. Ein gehörloser Rapper!«

»Ein gehirnloser Rapper? Aber alle Rapper sind gehirnlos, das gehört zum Geschäft!«

»Mensch, Calimero. Ich sagte: gehörlos.«

»Ja, ja, schon gut.« Calimero ging zu meiner Anlage und schob die Scheibe ein. »Cool, Alter. Gefällt mir. Gefällt mir richtig gut.«

»Wir sind ganz allein, nämlich sechs Wochen!«, platzte Iris stolz mit der Neuigkeit heraus. »Und Mika macht mit mir Ausflüge und passt auf. Und ich darf jeden Tag in seinem Zimmer meine Hörbücher hören.«

»Nächstes Jahr«, erinnerte ich Iris. »In den nächsten Sommerferien. Nicht dieses Jahr.«

»Sechs Wochen? Wieso das denn?« Calimero lag schon wieder auf meinem Bett. Er hatte so etwas ungewohnt Checkermäßiges an sich, ich konnte nur noch nicht sagen, was. Es hatte mit dem Grinsen zu tun, das wie angeknipst auf seinem Gesicht lag, seit er den Raum betreten hatte. Irgendetwas war offenbar in der Zwischenzeit geschehen.

»Unsere Eltern fahren nach Finnland. Mieten sich ein Wohnmobil und reisen durch das Land. Das wollten sie schon vor zehntausend Jahren mal machen.«

»Echt?« Calimero runzelte die Stirn. »Zweiter Frühling, oder was?«

Ich zog die Schultern hoch. Die Stimmung im Haus war ein bisschen komisch seit dem Absturz meines Vaters vergangenen Sonntag. Es hatte einen Streit zwischen meinen Eltern gegeben mit viel Geschrei. Ich war nicht da gewesen, Iris hatte es mir erzählt.

Heute Morgen hatten die beiden uns ihren Entschluss mitgeteilt, die Küche nun doch nicht zu kaufen, sondern nur einen neuen Herd. Das gesparte Geld würden sie in den gemeinsamen Urlaub stecken.

Mit Jutta hatte Mama auch seit Neuestem Streit. Die beiden hatten den Kontakt abgebrochen und Jutta hatte Mama Blumen geschickt.

Iris stand auf, raffte die spanischen Süßigkeiten zusammen und verschwand in ihr Zimmer. Ich hörte, wie sie ihren Kleiderschrank aufmachte, um die Tüten dort zu verstecken.

»Also, wie heißt sie?« Ich sah Calimero bohrend an.

»Wer?« Er grinste schon wieder übertrieben breit.

»Die Frau, die dich entjungfert hat. Man sieht es dir regelrecht an.«

»Was heißt hier mich entjungfert? Das klingt irgendwie krass. Als wäre ich das Mädchen und nicht umgekehrt.«

»Du bist das Mädchen, Calimero. Schon immer gewesen. Finde dich einfach damit ab.«

Er stöhnte und verschränkte die Arme hinter dem Kopf. »O. K. Ich gestehe. Es ist in Madrid passiert. Sie heißt Bärbel und sie ist ultimativ scharf.«

»Bärbel? Hört sich ja nicht sehr spanisch an.« Scharf klang es auch nicht gerade, aber das behielt ich für mich.

»Nö. Ist auch Münchnerin. Habe sie im Hotel kennengelernt, beim Frühstücksbüfett. All you can eat. Ich wusste nicht, dass *das* auch im Preis miteingeschlossen ist.«

»Und? War es gut?«

Calimeros Gesicht bekam einen schwärmerischen Ausdruck.

»Ja, ziemlich gut. Ich glaube, ich bin ein Naturtalent. Aber dauert es immer nur zweieinhalb Minuten? Ein reichlich kurzer Spaß.«

Ich verdrehte die Augen. Iris kam ins Zimmer zurück und wir wechselten eilig das Thema.

»Heute Abend ist Fete am Baggerloch. Riesiges Lagerfeuer, jede Menge Gitarrenspieler und so. Willst du mitkommen?« Calimero sah mich an.

Ich überlegte.

»Bärbel ist auch da.« Die Stimme meines besten Freundes wurde drängend. Jetzt, wo er endlich auch mal zum Zug gekommen war, wollte er seine Eroberung natürlich präsentieren. Er wollte den Neid in meinem Gesicht sehen, wenn er mir Bärbel vorstellte. Seine späte Rache für meine Nacht mit Sandra.

»Darf ich auch mit?« Iris sah mich aus Hundeaugen an.

»Super Idee!«, antwortete ich gequält. »Ich kann mir nichts Schöneres vorstellen!«

»Wirklich?« Iris jubelte. »Ich gehe Mama gleich mal fragen!« Schon war sie im Flur verschwunden. Na prima. Ironie war wohl nicht so ihr Ding.

»Stark, Alter!« Calimero warf mir das Kissen an den Kopf. »Wird bestimmt nett mit uns allen. Basti und Ellen kommen auch. Und vielleicht stößt ja auch Sandra dazu! Wäre doch super, ganz so wie in alten Zeiten.«

Früher war aber vorbei. Jetzt war jetzt und ich kapierte noch nicht so ganz, was der Regisseur da oben von mir wollte. Dass ich doch wieder mit Sandra zusammenkam? Mein Kumpel auf jeden Fall schien sich das ernsthaft zu wünschen.

Ich nahm Calimero immer noch übel, dass er mit Sandra telefoniert hatte. Die Vorstellung, wie die beiden über mich und Lea sprachen, kotzte mich irgendwie an.

Und überhaupt: Lea. Über sie hatte er die ganze Zeit kein Wort verloren.

»Sandra und ich sehen uns übermorgen, auf dem Konzert. Bis dahin will sie eine Entscheidung!«

Calimero nickte. »Worauf wartest du noch? Du kannst es ihr auch heute Abend sagen.«

»Was?«

»Dass du sie zurückhaben willst. Ich denke, darum geht es dir seit Wochen!«

Calimero hatte wieder einmal gar nichts kapiert. »Es geht inzwischen darum, dass es da noch ein anderes Mädchen gibt. Lea, du erinnerst dich? Wir haben auf diesem Bett über sie gesprochen!«

Calimero schlug sich an die Stirn. »Ah, genau. Da war doch noch was. Stille Wasser sind tief, fällt mir dazu nur ein. Trägt sie eigentlich ein Hörgerät?«

»Nein!« Ich funkelte ihn an. »Kannst du endlich aufhören, blöde Sprüche über sie zu reißen?«

Calimero nickte. »Das war aber ernst gemeint. Kann sie wirklich absolut nichts hören?«

Ich nickte. »Absolut nichts. Kein einziges Geräusch.«

Iris kam zurück in mein Zimmer gestürmt. »Ich darf! Ich darf!«

»O. K.!«, gab ich mich geschlagen. »Aber wegen dir gehe ich nicht um neun wieder heim. Wenn du müde wirst, musst du die Zähne zusammenbeißen!«

»Und Sandra?« Iris sah mich bettelnd an. »Wir können sie anrufen und mitnehmen. Bestimmt freut sie sich!«

»Sandra treffe ich am Sonntag. Heute Abend komme ich mit Lea.«

23 »Hallo.« Calimero und Lea sahen sich unsicher an. Basti und Ellen waren ebenfalls pünktlich gekommen. Die beiden warfen Lea Blicke zu, als wäre sie geradewegs aus einem Ufo gestiegen.

»Sind das deine Freunde?«, fragte Lea mich in Gebärdensprache.

»Ja, leider!«, antwortete ich und wir lächelten uns zu.

»Krass!« Calimero schüttelte den Kopf. »Du kannst dich echt mit ihr unterhalten! Was hat sie gefragt?«

»Ob du der berühmte Zweieinhalb-Minuten-Typ bist«, sagte ich.

»Hat sie Bedarf? Ich hätte morgen zwischen drei nach vier und fünf nach vier noch einen freien Termin!«

Wir lachten verlegen.

Lea sah uns fragend an. Ich versuchte, den schlechten Witz für sie zu übersetzen, aber es gelang mir nicht.

Ein krampfhaftes Schweigen entstand. Basti, Calimero und Ellen standen da, als erwarteten sie eine Ansprache von mir. Niemand sagte mehr etwas, Basti nieste und Ellen räusperte sich.

»Gesundheit.« Das war Lea mit ihrer monotonen Stimme.

»Ach, da drüben kommt Bärbel!«, rief Calimero erleichtert und winkte dem Mädchen auf dem schwarz-gelb gestreiften Fahrrad zu.

Bärbel war ziemlich klein und pickelig, außerdem reichlich alternativ. Sie trug eine Batikhose und eine Bluse, die aussah, als hätte sie ein missglücktes Kartoffeldruck-Experiment damit gemacht. Aber sie hatte meinen besten Freund vom Joch der grausamen Jungfräulichkeit befreit, also beschloss ich, sie bedingungslos zu lieben.

»Hallo zusammen!« Bärbel nickte in die Runde.

»Hi.« Ich schüttelte ihr die Hand.

»Schickes Fahrrad«, sagte Ellen. »Hast du das selbst bemalt?«

Bärbel nickte. »Im Kunstunterricht. Janoschs Tigerente, sieht man ja.«

»Janosch ist stark«, sagte Basti. »Was für Farben hast du verwendet? Ist das Lack?«

Bärbel fing an zu erklären.

»Und du und Calimero, ihr habt euch echt in Madrid kennengelernt?« Das war wieder Ellen.

Bärbel wurde rot. »Ja. Am Frühstücksbüfett. Calimero hat mir einen ganzen Liter Orangensaft über die Hose geschüttet.«

Wir lachten.

Lea lachte nicht. Verstohlen warf ich ihr einen Blick zu. Es war einfach nicht möglich, den raschen Wortwechsel für sie zu übersetzen.

»Und wo in München wohnst du? Zentral?« Ellen redete wie ein Wasserfall auf Bärbel ein. Basti hing an Bärbels Lippen. Ich kapierte das nicht. Sie war nicht im Geringsten sein Typ.

Während Bärbel sofort von allen in Beschlag genommen und mit Fragen bombardiert wurde, taten alle gleichzeitig so, als wäre Lea überhaupt nicht da.

Lea sah sehnsüchtig zu den Lagerfeuern hinüber.

»Und wer bist du?«, fragte Bärbel, der Leas Schweigen irgendwann aufzufallen schien.

»Sie ist taub«, erklärte Calimero.

»Ach so.« Verschämt senkte Bärbel den Blick.

»Wollen wir mal rübergehen?« Ellen packte Basti am Arm, Bärbel hakte sich bei Calimero ein und gemeinsam gingen sie in Richtung Lagerfeuer.

Lea und ich folgten ihnen.

Irgendwie war ich von meinen Freunden enttäuscht. Sie gaben sich überhaupt keine Mühe, Lea in die Gruppe mit aufzunehmen. Sie kennenzulernen, sich mit ihr zu unterhalten, irgendwas.

»Sie sind nett«, sagte Lea trotzdem.

Ich nickte halbherzig. Vielleicht brauchten sie einfach nur Zeit, sich an die neue Situation zu gewöhnen. Wo war Iris abgeblieben? Ich hielt nach ihr Ausschau. Ich hatte sie am Ufer abgestellt, wo sie mit anderen Kindern Steine ins Wasser werfen wollte. Lea hatte sie bislang immer noch nicht kennengelernt.

Nebeneinander liefen wir den steinigen Pfad am Ufer entlang, den anderen hinterher. Jede Menge Leute waren gekommen. Und von allen Seiten erklang Musik. Am Steg entdeckte ich Iris schließlich. Sie saß mit ein paar anderen Kindern da und hörte einem Jungen, der ein paar Meter entfernt allein am Wasser hockte, beim Gitarrenspiel zu.

Ich rief ihren Namen, aber sie hörte mich nicht.

Calimero und Bärbel, Basti und Ellen hatten unsere Decken am größten Lagerfeuer ausgelegt. Wir setzten uns zu ihnen.

»Erzähl mal, färbst du deine Haare selbst?« Bärbel und Ellen waren schon wieder in ein Gespräch versunken.

Calimero und Basti packten das Abendessen aus. Kartoffel-
salat, Frikadellen, Brötchen und kaltes Bier.

»Bärbel und ich wollen am Wochenende spontan an den
Gardasee fahren. Vielleicht hättet ihr auch Lust, du und Ellen?«
Calimero sprach mit Basti. Er fing meinen Blick auf. »Du bist
am Sonntag ja bei Sandras Konzert. Sonst hätte ich dich natürlich ebenfalls gefragt!« Ich nickte ihm zu. Leas Blick verschmolz
mit der Glut.

»Fragst du sie mal, ob sie auch eine Frikadelle will?« Calimero sah mich an und mied den Blickkontakt mit Lea.

»Hast du Zigaretten?« Ein Mädchen von der Nachbardecke
hatte sich zu Lea gebeugt.

Lea sah hoch. »Bin gehörlos«, sagte sie laut. »Kannst du das
langsam wiederholen?«

Das Mädchen machte eine abwehrende Handbewegung.
»Schon okay. Ich frag mal da drüben!« Sie sprang auf und ließ
Lea zurück.

»Was wollte sie?« Lea sah mich verstört an. »Habe ich irgendwas falsch gemacht?«

Ich erklärte es ihr. Sie wirkte traurig.

Aus dem Nichts tauchte Iris hinter uns auf. Sie war barfuß
und ihre Klamotten waren ein bisschen nass. Bestimmt würde
sie morgen eine Erkältung haben.

»Ist das deine Freundin?«, fragte sie atemlos. »Lea, die überhaupt gar nichts hört? Und die Lea, die die tolle Geheimsprache
kann?«

Ich nickte.

»Ich bin die Schwester von Mika!«, sagte Iris begeistert und
zeigte auf sich. Sie strahlte Lea an. »Ich kann auch schon voll
viel Begehrenssprache!« Sie hockte sich einfach zwischen uns.

»Gebärdensprache«, verbesserte ich sie und übersetzte den Wortwitz für Lea.

Lea lächelte. »Zeig mal was!« Sie hatte schon wieder laut gesprochen und Basti und Calimero sahen peinlich berührt herüber.

»Familie!«, formte Iris mit den Händen. »Das habe ich mir gemerkt.« Zwei Kreise, die sich zu einem großen zusammenschlossen.

● ● ●

»Hör mal, die Musik!« Das war Ellen. Wir hatten restlos alles aufgegessen und uns ein bisschen betrunken. Jetzt war es tiefschwarze Nacht und Lea saß dicht an mich gelehnt. Iris war, eingerollt wie ein Embryo, auf der Decke eingeschlafen, Calimero und Bärbel knutschten auf dem Steg und Basti und Ellen saßen eng umarmt direkt am Feuer.

Vom anderen Seeufer wehten Musikfetzen herüber.

»Ich werd verrückt!«, sagte Basti. »Die spielen ja unser Lied!«

Ich sah zu den beiden hinüber. Es war lächerlich, aber ich beneidete sie. Für das kitschige, unmelodiöse Lied, das sie hatten.

Unser Lied. Unser Lied. Mit Lea würde ich nie ein gemeinsames Lied haben.

Basti stand auf. »Komm Ellen, wir laufen mal rüber. Vielleicht spielen sie es noch mal für uns!«

Die beiden verschwanden Händchen haltend in der Dunkelheit.

»Eigentlich sind sie doch ganz sympathisch«, formte Lea mit den Händen. Ich hielt sie fest im Arm und sah ihr Gesicht an, das im Schein des nächtlichen Feuers immer geheimnisvoller wurde.

Schön sah sie aus und die Schatten zauberten flackernde Muster auf ihre Stirn.

Der einsame Junge am Ufer hatte wieder seine Gitarre ausgepackt.

»Spiel was!«, rief jemand hinter uns. »Hau in die Saiten!«

Der Typ reagierte nicht auf das Gegröle. Er sah zu Lea und mir hinüber. Den ganzen Abend hatte er uns immer wieder beobachtet, wenn wir uns in Gebärdensprache unterhalten hatten. Er stimmte sein Instrument und fing an zu singen.

Das Lied kannte ich. Die Band hieß *Wir sind Helden* und den Song hatten sie eine Zeit lang im Radio rauf und runter gespielt.

Ich sehe, dass du denkst.
Ich denke, dass du fühlst.
Ich fühle, dass du willst,
Aber ich hör dich nicht, ich

Hab mir ein Wörterbuch geliehen,
Dir A bis Z ins Ohr geschrien.
Ich stapel tausend wirre Worte auf,
Die dich am Ärmel ziehen.

Ich zog Lea noch enger an mich. Alle um uns herum waren ganz still geworden und lauschten der Musik.

Und wo du hingehen willst,
Ich häng an deinen Beinen.
Wenn du schon auf den Mund fallen musst,
Warum dann nicht auf meinen?

Fassungslos starrte ich zum Wasser hinüber. Der Junge hatte eine verdammt schöne Stimme und ich hatte das Gefühl, dass er den Song extra für mich und Lea sang.

Es ist verrückt, wie schön du schweigst,
Wie du dein hübsches Köpfchen neigst
Und so der ganzen lauten Welt und mir
Die kalte Schulter zeigst.

Dein Schweigen ist dein Zelt,
Du stellst es mitten in die Welt.
Spannst die Schnüre und
Staunst stumm,
Wenn nachts ein Junge drüber fällt.

Irgendwas am Text hatte der Kerl verändert. Aber egal. Ich rüttelte Lea wach, die eben in meinen Armen eingeschlafen war.

»Da spielt einer unser Lied!«, sagte ich völlig aufgelöst.

Begriffsstutzig sah sie mich an. Ich versuchte, es ihr zu erklären.

»Verstehst du, jede Liebesgeschichte hat ihren eigenen Song. Das ist genau so, wie jeder Kinofilm seinen eigenen Soundtrack hat. Und jetzt eben, da spielt einer den Soundtrack zu unserer Geschichte!«

Lea ließ die Schultern hängen. »Mist. Ich kann den Soundtrack zu meiner eigenen Geschichte nicht hören.«

»Aber es gibt einen, verstehst du? Darauf kommt es doch an!«

Lea sah mich verliebt an. Dann zog sie mich zu sich hinunter. Wir küssten uns, während im Hintergrund unser Lied lief.

Unser Lied.

Unseres.

Ganz großes Kino!

24 Es gibt eine Theorie, nach der alle Entscheidungen, die im Leben möglich sind, parallel existieren.

Wenn das stimmt, dann gab es mich an diesem Sonntag mehrmals und in verschiedensten Varianten. Es gab den erleichterten, aufgeregten Mika, der in diesem Moment auf seinem Fahrrad in Richtung Park radelte, um endlich mit Sandra neu anzufangen. Es gab den guten Kumpel Mika, der Calimero und Bärbel, Basti und Ellen zu ihrem spontanen Zeltausflug an den Gardasee begleitete und eben die Zeltstangen in den Boden rammte. Es gab den Vorzeigesohn Mika, der jetzt zu Hause bei seinen Eltern und Iris saß und gemeinsam mit seiner Familie grillte. Es gab vielleicht auch den netten Neffen Mika, der seine Tante Vera besuchte und ihr erklärte, dass auch ein Onkel Karl ersetzbar war und die Jahre mit ihm nicht verloren waren.

Aber das alles ist Theorie und so gab es jetzt nur diese eine Version, diese eine Entscheidung.

Ich lief am Park vorbei, vorbei an den Absperrungen und den Kassenhäusern. Ich ließ die Bühne neben mir, die Bierbänke und Buden. Und steuerte direkt auf das Freak City zu.

Im Innenhof war eine kleine Leinwand aufgebaut und ein paar Leute hockten auf weißen Plastikstühlen.

Lea saß ganz vorne neben Tommek und unterhielt sich mit ihm, indem sie etwas auf einen Zettel schrieb.

»Du sitzt auf meinem Platz«, sagte ich zu Tommek.

Er sah hoch. »Na toll. Immer wenn man am wenigsten mit dir rechnet, tauchst du urplötzlich auf. Ich dachte, du wolltest auf das Konzert. Sind die Tickets zu teuer?«

Ich schüttelte den Kopf. »Habe es mir anders überlegt!«

»Das kann ich mir denken!« Tommek grinste, stand dann aber gnädig auf und machte den Platz frei.

Lea musterte mich ungläubig. »Was tust du hier?«

»Ich schaue mir den Film mit dir an«, gebärdete ich, als hätte nie etwas anderes zur Diskussion gestanden. »Und ich bringe dir eine CD mit, die ich für dich gemacht habe.«

Sie nahm die Hülle entgegen. »Mein CD-Player ist seit gestern kaputt«, antwortete sie sarkastisch.

»Schade.« Ich sah sie liebevoll an. »Weißt du, es sind lauter gute Liebeslieder drauf. Vielleicht die besten, die jemals geschrieben wurden. Außerdem unser Lied. Es ist echt traurig, dass du es nicht hören kannst. Ich habe mir mit der Auswahl wirklich Mühe gegeben.«

Lea klappte die CD-Hülle auf. Ihre Augen wurden tellerrund.

Ich hatte am Computer eine Schablone in CD-Größe erstellt und die beschriebenen Kreise auf dickem Papier ausgedruckt. Auf den Scheiben standen die Texte der Songs. *The Sweetest Thing* von U2, *Here with Me* von Dido und natürlich *Nur ein Wort* von den Helden.

»Das ist unser Lied«, gebärdete ich und tippte auf die entsprechende Papierscheibe.

Leas Augen flogen über die Zeilen. Dann sah sie hoch. Ich war nicht ganz sicher, aber ihre Augen wirkten ein klein wenig gerötet, als wäre etwas hineingeflogen.

»Danke«, sagte sie. »Das ist wirklich nett von dir.«

Sie wischte sich verlegen über das Gesicht.

»Ich habe auch ein Geschenk für dich.« Lea lächelte. »Und ich habe es zufällig sogar dabei.«

»Was ist es?« Ich sah sie an. Obwohl sie nicht mit mir gerechnet hatte, hatte sie sich hübsch gemacht. Wenn nicht für mich ... dann vielleicht für Tommek?

»Das hier!« Lea machte eine Gebärde, die ich nicht verstand.

»Was heißt das?«

»Das heißt gar nichts, sondern ist deine Namensgebärde. Ich habe mir richtig lange Gedanken darüber gemacht.«

Ich schwieg. Außer meinen Eltern hatte mir nie jemand einen Namen gegeben. Calimero nannte mich manchmal Bruder, aber das hier war was anderes. Ein Kloß entstand in meinem Hals.

»Was bedeutet mein Gebärdenname?« Ich machte die Handbewegung nach.

»Das ist das Zeichen für Mut. Aber ein spezieller Mut, der direkt aus dem Herzen kommt.«

Lea machte mich verlegen. Außerdem schätzte sie mich falsch ein. Ich war alles andere als mutig.

Immer noch hatte ich sie meinen Eltern nicht vorgestellt. Ich hatte verdammt lange gebraucht, um mir einzugestehen, dass ich sie liebte. Und ich hatte mich gelegentlich aufgeführt wie ein kleines Kind. Meinen nächtlichen Absturz nach dem Streit auf dem Konzert hatte ich ihr beispielsweise immer noch nicht gestanden. Ich hatte getrunken wie blöd und die halbe Nacht durchgetanzt.

Ich hatte ein Glas auf dem Boden zerschlagen. War das etwa Mut?

»Gefällt dir dein Name?«

Ich nickte.

Jetzt hatte ich also zwei Namen. Ich war Mika, der sich fragte: »Wer ist wie Gott?« Und ich war ein Mut, der wenig mit Heldentum, sondern viel mit Gefühl zu tun hatte.

Ich fand, obwohl keiner der Namen wirklich zu mir passte, ergänzten sie sich auf seltsame Art.

Tommek legte den Film ein und knipste die Außenbeleuchtung aus.

Vorsichtig fasste Lea nach meiner Hand und drückte sie.

Ich wusste nicht, ob ihr klar war, was das hier bedeutete. Dass ich hier neben ihr saß auf einem unbequemen Plastikstuhl und eine unscharfe Raubkopie von einem Film anschaute. Die Dialoge verstand man nur schlecht, weil die Musik aus dem Park viel zu laut aufgedreht war und sämtliche anderen Töne verschluckte.

Ich wusste nicht, ob Lea klar war, dass das hier für mich eine Weggabelung war. Dass ich Sandra in diesen Sekunden hinter mir ließ … um vielleicht mit Lea etwas ganz und gar Neues anzufangen.

»Popcorn?« Tommek reichte mir einen Pappbecher.

Lea stand auf. »Warte mal«, signalisierte sie mir und ging mit Tommek ins Haus. Verstohlen sah ich den beiden nach. Es gab überhaupt keinen Grund, misstrauisch zu sein. Trotzdem gefiel es mir nicht, dass die beiden so lange verschwanden.

Lea kam zurück.

»Was habt ihr da drinnen gemacht?«, fragte ich.

»Bist du etwa eifersüchtig?«

Ich schüttelte den Kopf. Sie legte ihren Zeigefinger auf meinen Mund und deutete dann zur Leinwand.

● ● ●

Der Film war aus. Die wenigen Zuschauer machten sich auf, um nach Hause zu gehen.

Tommek baute die Leinwand ab und ich half Lea, die Stühle aufeinanderzustapeln.

»Das passt schon so, den Rest räume ich morgen auf!«, verabschiedete uns Tommek. »Danke fürs Helfen!« Er nickte Lea extra langsam zu. Ich hatte keinen blassen Schimmer, was das vertraute Nicken zu bedeuten hatte.

»Tschüss!« Wir ließen Tommek in der Teeküche zurück und gingen ebenfalls nach draußen.

Auf der Bühne im Park gegenüber ließ sich gerade eine Punk-Band feiern. Ich fragte mich, ob Sandra mit den Coloured Pieces schon aufgetreten war. Während des Films hatte ich immer wieder auf ihre Stimme gelauscht, sie aber nicht bewusst wahrgenommen.

Lea fasste mich an der Hand und zog mich hinter das Haus.

»Und jetzt?«, fragte ich.

Es ging schon auf Mitternacht zu und pechschwarze Dunkelheit schloss uns ein. Wir beide lehnten an der Hauswand und küssten uns wie Verhungernde. Wir standen direkt unter dem gekippten Fenster der Teeküche, weil dort ein bisschen Licht nach draußen drang. Ich hoffte, Tommek konnte uns nicht hören. Lea schmeckte so gut, in meinem Kopf begann es zu dröhnen, ein kleines, feines Feuerwerk.

»Wusstest du, dass Gorillas rülpsen, wenn sie glücklich sind?« Lea sah mich an. Das Wort Gorilla hatte sie buchstabiert, mein Wortschatz war einfach zu klein.

»Wie viel unnützes Wissen steckt eigentlich noch in deinem süßen Kopf?« Ich strich ihr liebevoll eine Strähne aus dem Gesicht.

Lea zuckte mit den Schultern. »Noch eine ganze Menge. War dir zum Beispiel bewusst, dass Schnecken sich küssen, bevor sie Sex haben?«

»Ich wusste nicht mal, dass Schnecken Sex haben!«, antwortete ich. Statt der Gebärde für Sex hatte ich die Gebärde für Taxi verwendet. Lea verbesserte mich.

»Danke«, murmelte ich. »Ich bin zu blöd, das Wort Sex richtig zu gebärden. Und weiß jetzt, dass jede Schnecke ein aktiveres Geschlechtsleben hat als ich. Kannst du mich bitte noch mehr aufbauen?« Ich sah sie deprimiert an.

»Was hast du gesagt?«, formten ihre Lippen. »Kannst du das wiederholen? In Gebärdensprache?«

»Nicht so wichtig!«, winkte ich ab. »War nur ein Witz.«

Ihre Augen blitzten. »Schließ mich nicht aus. Das hasse ich. Darf ich deine Witze nicht mehr erfahren?«

»Vergiss es. Das war nur so dahingeredet!«

»Na und? Wiederhole es für mich!«

Wir standen schon wieder kurz vor einem Streit.

Das Licht in der Teeküche erlosch und ich konnte hören, wie Tommek das Freak City verließ und die Tür absperrte. Ein Fahrradschloss wurde geöffnet. Dann fuhr er mit seinem Oma-Rad an uns vorbei und verschwand in Richtung Westen.

»War das Tommek?« Lea sah mich fragend an. Ich nickte.

Sie verließ unser Versteck und nahm zwei Stufen auf einmal. Sie zog einen Schlüssel aus ihrer Hosentasche und schloss wie selbstverständlich das Freak City auf.

Ich starrte sie an. »Was machst du da? Und woher hast du den Schlüssel?«

Lea zog mit Unschuldsmiene die Schultern hoch. »Der Ersatzschlüssel. Tommek hat ihn mir ... geliehen.«

Ich sah die Straße hinab, wo ganz am Ende das Rücklicht von Tommeks Fahrrad in der Nacht verschwand. Der Typ war also doch ein guter Verlierer.

Ich folgte Lea ins Haus und sie schloss die Tür hinter mir ab.

Mitten in der Nacht bei gelöschtem Licht und ohne Menschen wirkte das Freak City wie ein geheimer Zauberort. Der Billardtisch und der Flipper sahen in der Dunkelheit aus wie schlafende Schatten. Hier hatte ich Lea kennengelernt.

Lea ergriff meine Hand. Wir gingen die Treppe nach oben. Bislang war ich nie in den oberen Stockwerken gewesen. Ich wusste, dass es dort Seminarräume und eine kleine Töpfer-Werkstatt gab. Aber offenbar waren das keine Räume, in denen Lea bleiben wollte. Sie ging weiter. Höher. Es gab noch eine kleine Treppe, die zum Dachboden führte.

Wir stießen die Holztür auf.

Der Mond schien durch die Dachfenster, sodass es erstaunlich hell um uns war.

»Genug Licht, um sich zu unterhalten!«, gebärdete Lea erleichtert. »Weißt du, Dunkelheit ist der natürliche Feind von uns Gehörlosen! Wenn es zu finster ist, fühlen wir uns völlig verloren.«

Allerlei Gerümpel stand herum. Eine eingestaubte Weltkarte, Fußbälle und eine Torwand. Kisten voller Altpapier, ausrangierte Fahrräder, Rollschuhe und ... ein Bett.

Es war wirklich ein Bett, das mitten im Raum unter einem Dachfenster stand.

»Von der Theater-AG«, erklärte Lea, als sie meinen entgeisterten Gesichtsausdruck sah. »Der eingebildete Kranke. Dafür brauchten sie ein Krankenbett.«

Das Bett sah nicht gerade wie ein Krankenbett aus, sondern eher wie ein Liebesnest. Es war ein großes, kitschiges Metallgestell und darauf türmten sich jede Menge Decken.

Wir gingen hinüber. »Ist doch schön!« Lea schob die Decken zur Seite. »Ich habe das vor ein paar Wochen hier oben entdeckt, als ich mir Rollschuhe ausleihen wollte.«

Ich war froh, dass ich nichts antworten musste. Ehrlich gesagt hatte es mir beim Anblick des Bettes die Sprache verschlagen.

Lea kippte das Dachfenster und ließ unbeabsichtigt die Musik vom Stadtpark herein. Ein Saxofon und ein Klavier. Drüben spielten sie Jazz. Etwas Magisches lag plötzlich in der Luft und alles um uns herum schien zu schweben.

Lea legte sich hin und zog mich neben sich. Wir sahen uns an.

»Morgen früh um sieben müssen wir hier raus.«

Ich nickte verstört.

»Warum guckst du so ängstlich?« Lea strich mir mit dem Zeigefinger über das Gesicht.

Ich schüttelte den Kopf. »Ich bin nicht ängstlich. Es ist nur ...«

Die Jazz-Band hatte angefangen, einen meiner Lieblingssongs zu spielen. »My Way«. Der Lieblingssong meines Großvaters. Der Lieblingssong meines Vaters. Sie alle hatten auch irgendwann das erste Mal bei einer neuen Liebe gelegen und hatten es überlebt. Auf einmal begann ich, mich zu entspannen. Das hier, das war einfach perfekt.

Dieser geniale Song, das fröhliche Lachen der Leute, die da drüben feierten. Eine Katze maunzte laut, als wollte sie die Musik begleiten.

Ich drehte mich auf den Rücken und blickte in die Nacht hinauf.

Dieser gigantische Sternenhimmel über uns. Das mussten Abertausende von Sternen sein.

»Was denkst du?«, fragte Lea.

»Dass das der perfekte Augenblick ist.«

Sie nickte. »Das stimmt. Es riecht so unglaublich hier. Nach Jasmin und Himbeersträuchern. Und ein bisschen nach Abenteuer, wegen der ganzen alten Sachen. Der sanfte Wind, der ist richtig lau! Und der Sternenhimmel, der ist einfach gigantisch. Das müssen Abertausende von Sternen sein.«

Da war sie wieder, die Schnittmenge. Ich beschloss, Black Widow im nächsten Schuljahr besser zuzuhören. Mathe tat manchmal einfach unglaublich gut.

Lea begann, sich neben mir auszuziehen. Ich bekam es aus den Augenwinkeln mit, traute mich aber nicht, hinzusehen. Dann half sie mir aus meinem T-Shirt.

Ich sah sie an.

Der perfekte Moment, die perfekte Frau, die perfekte Entscheidung.

Sie war so schön, dass es wehtat.

Drüben fingen die *Coloured Pieces* mit ihrem Auftritt an. Ich konnte Sandras Ansage bis hier hinauf in unser kleines Versteck auf dem Dachboden hören.

Ihre Stimme klang rau und ein bisschen wehmütig, wie ein kleiner Abschied, der nur mir ganz alleine galt.

Viel Glück, dachte ich. Viel Glück, Sandra. Du wirst das schon schaffen.

»Und was denkst du jetzt?« Lea sah mich aus ihren tiefgrünen Augen an.

Ich lächelte. »Dass es Momente gibt, in denen muss man nicht reden.«

Lea überlegte. »Stimmt«, sagte sie in Gebärdensprache. Dann öffnete sie ihre Hände, die so oft zu mir gesprochen hatten. Sie legte sie ganz sanft auf meine Schultern und zog mich langsam an sich.

NACHWORT

»Freak City« habe ich vor vielen Jahren geschrieben – das merkt man dem Text an zahlreichen Stellen an. 2009 gab es noch keine Smartphones, Musik wurde über CDs gehört, kaum jemand shoppte damals im Internet und die halbe Welt war verrückt nach einer Figur namens Diddl.

Dem Buch vorangegangen war die vermutlich spannendste Reise meines Lebens. Keine Fernreise mit Flugzeug oder Bahn, sondern eine innere Reise, die direkt vor meiner Haustür begann und mich an die unglaublichsten Erfahrungsorte bringen sollte.

Das Thema Gehörlosigkeit war mir zu Beginn meiner Recherche vollkommen fremd und ich sprang wie meine Figur Mika ins kalte Wasser. Wie er hatte auch ich damals ziemlich viele Vorurteile und wusste doch *nichts*. Wie er war ich zu Beginn meiner Kontaktaufnahme mit Gehörlosen überheblich und hatte Mitleid. Es war das größte Glück überhaupt, dass mich so viele gehörlose Menschen dennoch mit offenen Armen empfingen und mir Zutritt in ihr besonderes Universum gewährten. Ich durfte Gehörlosenschulen besichtigen, Gehörlose zu Hause bei ihren hörenden Familien besuchen, bekam Zutritt zu Kulturfestivals, Theaterstücken und Museumsführungen, die in Gebärdensprache angeboten wurden, tanzte auf dem Schwingboden einer Gehörlosendisco und lernte sogar einen taubblinden Weltreisenden kennen. Vor allem aber wurde mir

Zugang zur Gebärdensprache ermöglicht: eine der faszinierendsten Sprachen überhaupt.

Nach und nach wurde mir klar, was ich hoffentlich auch im Buch deutlich mache: Gehörlose sind nicht behindert, sie werden von der hörenden Gesellschaft *behindert*. Sei es durch die skandalöse Unterdrückung der Gebärdensprache z. B. an Gehörlosenschulen (etwas, das sich zum Glück in den letzten Jahren stetig verbessert hat), sei es durch die unsägliche Empfehlung an hörende Eltern, keine Gebärdensprache zu lernen, sondern ihre gehörlosen Kinder zum Sprechen und Lippenlesen zu »zwingen«. Sei es durch das Fehlen von Untertiteln oder durch den Mangel an Dolmetscherinnen und Dolmetschern. Kurzum: Sei es durch das ignorante Ausblenden der Lebensrealität von 80 000 gehörlosen Menschen in Deutschland, die doch fester Teil dieser Gesellschaft sind.

Es war ausgerechnet Deutschland, das sich im Jahr 1880 beim sogenannten Mailänder Kongress dafür stark machte, dass im Großteil Europas die Gebärdensprache nicht als vollwertige Sprache anerkannt, sondern fortan aus der Erziehung und damit auch aus der Öffentlichkeit verbannt werden sollte. Das hatte dramatische Folgen für Generationen von Gehörlosen, die durch diesen Entschluss erniedrigt, in die Isolation gedrängt und ihrer Möglichkeiten beraubt wurden. Dieses düstere Kapitel der deutschen Geschichte ist den meisten hörenden Menschen unbekannt und wurde entsprechend nie wirklich aufgearbeitet. Ich hoffe sehr, dass es irgendwann auch zu diesem Thema Bücher, Filme und einen offenen Dialog geben wird. Und ich wünsche mir, dass sich die hörende Gesellschaft bei den Gehörlosen für diese menschenverachtende Unterdrückung entschuldigt.

Ganz anders entschieden damals übrigens die USA: Dort setzte man sich fortan für eine Förderung der Gebärdensprache ein. Das ist der Grund, warum die American Sign Language heute in den USA neben Englisch, Spanisch und Chinesisch die vierthäufigste Sprache ist. Das ist der Grund, warum sich Gehörlose in den USA recht barrierefrei durchs Land bewegen können oder ein Studium an der berühmten Gallaudet University für Gehörlose aufnehmen können.

Es gibt in Deutschland noch viel zu tun, was die Rechte, Möglichkeiten und Wertschätzung Gehörloser betrifft. »Freak City« ist hoffentlich ein kleiner Einstieg, um sich dem Thema anzunähern.

KATHRIN SCHROCKE wurde 1975 in Augsburg geboren. Sie studierte Germanistik und Psychologie und arbeitete im Anschluss einige Jahre als Pressereferentin im Verlagswesen und als Dozentin in der Erwachsenenbildung. Seit 2005 ist sie als freischaffende Autorin tätig. Ihre Jugendromane zu realistischen und gesellschaftskritischen Themen wurden in zahlreiche Sprachen übersetzt und vielfach ausgezeichnet. »Freak City« war beispielsweise für den Deutschen Jugendliteraturpreis nominiert.